Dieses Taschenbuch enthält sechs Erzählungen von Françoise Sagan (geb. 1935), Geschichten aus der emanzipierten, wohlhabenden, schicken Gesellschaft zwischen Paris, Rom und München. Sie sind oft ordentlich herzflimmernd, manchmal lustig, hier und da ein wenig ironisch, da und dort ein klein wenig zeitkritisch, dann und wann ein ganz klein wenig schockierend und immer ungemein unterhaltsam.

Dem französischen Originaltext ist Absatz für Absatz die deutsche Übersetzung von Margaret Carroux gegenübergestellt.

dtv zweisprachig · Edition Langewiesche-Brandt

Françoise Sagan

Des yeux de soie et autres nouvelles

Augen wie Seide und andere Erzählungen

Übersetzung von Margaret Carroux

dtv

Deutscher Taschenbuch Verlag

Deutscher Taschenbuch Verlag GmbH & Co KG, München
1. Auflage 1991. 2. Auflage März 1993

Umschlagentwurf: Celestino Piatti
Gesamtherstellung: Kösel, Kempten
ISBN 3-423-09284-x · Printed in Germany

Jérôme Berthier conduisait trop vite sa voiture, et sa femme, la belle Monika, avait besoin de toute sa nonchalance pour ignorer ses imprudences. Pourtant ils partaient en week-end chasser l'isard, ce qui était pour lui une véritable partie de plaisir; car il aimait la chasse et sa femme et la campagne et même les amis qu'ils allaient chercher: Stanislas Brem et sa compagne (celle-ci changeant pratiquement tous les quinze jours depuis le divorce de Stanislas).

– J'espère qu'ils sont à l'heure, dit Jérôme. Quelle fille crois-tu qu'il va nous amener cette fois-ci?

Monika sourit d'un air fatigué.

– Comment veux-tu que je le sache? J'espère que ce sera une sportive, votre chasse est dure, non?

Il hocha la tête.

– Très dure. Je me demande ce qu'il a quand même, Stanislas, à faire le bellâtre à son âge, enfin, à notre âge... En attendant, s'il n'est pas prêt, nous allons louper l'avion.

– Tu ne loupes jamais rien, dit-elle et elle se mit à rire.

Jérôme Berthier jeta un coup d'œil oblique vers sa femme, se demandant une fois de plus ce qu'elle voulait dire par là. Il était un homme viril, fidèle et tranquille. Il se savait assez séduisant et, depuis treize ans qu'ils étaient mariés, il assurait à cette femme – la seule qu-il eût jamais aimée – une vie des plus agréables et des plus rassurantes. Parfois, cependant, il se demandait ce qu-il y avait derrière la tranquillité, les yeux sombres et calmes de sa belle épouse.

6 – Que veux-tu dire? demanda-t-il.
7 – Je veux dire que tu ne loupes rien: ni tes

Augen wie Seide

Jerome Berthier fuhr immer zu schnell, und seine Frau, die schöne Monika, brauchte ihre ganze Unbekümmertheit, um seine Unvorsichtigkeiten zu übersehen. Dennoch gingen sie am Wochenende auf die Gemsenjagd, was für ihn ein reines Vergnügen war; denn er liebte die Jagd, wie er seine Frau liebte und das Land und sogar die Freunde, die sie gerade abholen wollten: Stanislas Brem und seine Gefährtin (die seit seiner Scheidung praktisch alle vierzehn Tage wechselte).

«Hoffentlich sind sie pünktlich», sagte Jerome. «Was für ein Mädchen, glaubst du, wird er diesmal mitbringen?»

Monika lächelte etwas müde.

«Wie soll ich das wissen? Ich hoffe, sie ist sportlich, denn eure Jagd wird anstrengend, nicht wahr?»

Er nickte.

«Sehr anstrengend. Ich frage mich, was mit Stanislas eigentlich los ist, daß er in seinem Alter ... nun ja, in unserem Alter, immer noch den schönen Mann herauskehrt. Aber wenn er jetzt nicht fertig ist, werden wir das Flugzeug verpassen.»

«Du verpaßt niemals etwas», sagte sie und lachte.

Jerome Berthier warf seiner Frau einen schrägen Blick zu und fragte sich wieder einmal, was sie damit sagen wollte. Er war sehr männlich, treu und friedlich. Er wußte, daß er recht verführerisch war, und in den dreizehn Jahren, die sie verheiratet waren, hatte er dieser Frau – der einzigen, die er je geliebt hatte – ein höchst angenehmes und gesichertes Leben geboten. Manchmal fragte er sich indes, was sich hinter der Ruhe, den dunklen und sanften Augen seiner schönen Frau verbarg.

«Was willst du damit sagen?» fragte er.

«Ich will damit sagen, daß du nichts verpaßt: weder ge-

affaires, ni ta vie, ni tes avions. Je pense même que tu ne louperas pas cet isard.

– Je l'espère bien, enchaîna-t-il. Je ne vais pas à la chasse pour tirer en l'air et, crois-moi, c'est l'animal le plus dur à traquer.

Ils arrivaient devant un immeuble du boulevard Raspail et Jérôme klaxonna trois fois jusqu'à ce qu'une fenêtre s'ouvre et qu'un homme apparaisse en faisant de grands signes de bienvenue. Jérôme sortit la tête de la portière et hurla:

– Descends, mon vieux. On va louper l'avion.

La fenêtre se referma et, deux minutes après, Stanislas Brem et sa compagne sortaient du porche.

Stanislas Brem était aussi long, flexible et inquiet d'allure que Jérôme était sûr, solide et décidé. La jeune femme était blonde, ravissante, l'air susceptible, une de ces femmes dites de week-end. Ils s'engouffrèrent par la portière arrière de la voiture et Stanislas fit les présentations.

– Monika, ma chère, je vous présente Betty. Betty, voici Monika et son époux, le fameux architecte Berthier. A partir de maintenant, tu es sous son autorité, c'est lui qui mène la barque.

Ils se mirent tous à rire distraitement et Monika serra avec gentillesse la main de cette Betty. La voiture repartit en direction de Roissy. Stanislas se pencha en avant et demanda d'une voix un peu aiguë:

– Etes-vous contents de partir, tous les deux?

Sans attendre la réponse, il se retourna vers sa compagne et lui sourit. Il était extrêmement séduisant dans le genre gai, un peu dégénéré, un peu play-boy, un peu loup. Et, comme fascinée, Betty lui sourit en retour.

8 – Figure-toi, reprit-il à tue-tête, je connais cet
9 homme depuis vingt ans. Nous étions à l'école en-

schäftlich noch im Leben, noch deine Flugzeuge. Ich glaube sogar, daß du nicht einmal die Gemse verfehlst.»

«Das will ich hoffen», fuhr er fort. «Ich gehe nicht auf die Jagd, um in die Luft zu schießen, und glaube mir, diesem Wild nachzustellen ist ganz besonders schwer.»

Sie waren vor einem Haus auf dem Boulevard Raspail angekommen, und Jerome hupte dreimal, dann öffnete sich ein Fenster, ein Mann erschien und winkte begeistert. Jerome steckte den Kopf aus dem Wagen und schrie:

«Komm runter, alter Freund. Sonst verpassen wir das Flugzeug.»

Das Fenster schloß sich, und zwei Minuten später kamen Stanislas Brem und seine Gefährtin aus dem Hausflur.

Stanislas Brem war ebenso groß, geschmeidig und unstet, wie Jerome sicher, gesetzt und entschlossen war. Die junge Frau war blond, bezaubernd, wirkte verletzlich, eine der sogenannten Wochenendfrauen. Sie zwängten sich durch die hintere Tür herein, und Stanislas übernahm das Bekanntmachen.

«Monika, meine Liebe, darf ich Ihnen Betty vorstellen. Betty, das sind Monika und ihr Mann, der berühmte Architekt Berthier. Von jetzt an stehst du unter seinem Kommando, er ist der Kapitän an Bord.»

Alle lachten etwas zerstreut, und Monika schüttelte Betty liebenswürdig die Hand. Der Wagen setzte sich in Richtung Roissy in Bewegung. Stanislas beugte sich nach vorn und fragte ein wenig schrill:

«Freut ihr euch auf die Fahrt, ihr beiden?»

Ohne die Antwort abzuwarten, wandte er sich dann seiner Gefährtin zu und lächelte. Er war außerordentlich verführerisch, von der munteren Sorte, ein bißchen degeneriert, ein bißchen Playboy, ein bißchen Draufgänger. Und Betty, ganz in seinem Bann, lächelte zurück.

«Stell dir vor», erklärte er lauthals, «ich kenne diesen Mann seit zwanzig Jahren. Wir waren zusammen in der

semble. Jérôme avait toujours les premiers prix et, quand on se battait en récréation, il avait le meilleur coup de poing, et souvent pour me défendre car j'étais déjà odieux.

Et, lui désignant Monika:

– Je la connais depuis treize ans. C'est un couple heureux, ma chère, regarde bien.

A l'avant, ni Jérôme ni Monika ne semblaient l'écouter. Un léger sourire, presque complice, leur plissait les lèvres.

– Et quand j'ai divorcé, reprit Stanislas, c'est eux qui m'ont consolé car j'était fort triste.

La voiture allait très vite, à présent, sur l'autoroute du Nord, et la jeune Betty dut hurler pratiquement sa question.

– Pourquoi triste? Ta femme ne t'aimait plus?

– Non! hurla Stanislas en retour, c'est moi qui ne l'aimais plus, et crois-moi, pour un gentleman, c'est épouvantable.

Il éclata de rire et se rejeta sur le dossier de la voiture.

Après, il y eut Roissy, l'enfer de Roissy, et ils admirèrent l'efficacité de Jérôme qui présentait les billets, faisait enregistrer les bagages, s'occupait de tout. Les trois autres le regardaient, les deux femmes naturellement habituées à ce qu'un homme s'occupât d'elles et Stanislas semblant mettre un point d'honneur à ne pas bouger. Puis il y eut ces couloirs, ces tapis roulants où ils défilèrent sous cellophane, deux par deux, immobiles, comme glacés, image préfabriquée des couples aisés de notre temps. Puis il y eut l'avion, ils étaient en première, les uns derrière les autres, et par le hublot Monika regardait défiler les nuages sans même parcourir la revue qu'on lui avait confiée. Jérôme se leva et tout à coup, près d'elle,

Schule. Jerome war immer Klassenbester, und wenn wir uns in der Pause prügelten, hatte er den härtesten Faustschlag, übrigens oft zu meiner Verteidigung, denn ich war schon damals unausstehlich.»

Und indem er auf Monika deutete:

«Sie kenne ich seit dreizehn Jahren. Das ist ein glückliches Ehepaar, meine Liebe, schau sie dir gut an.»

Vorn schienen weder Jerome noch Monika ihm zuzuhören. Ein leichtes, fast verschwörerisches Lächeln lag auf ihren Lippen.

«Und als ich mich scheiden ließ», fuhr Stanislas fort, «waren sie es, die mich trösteten, denn ich war sehr traurig.»

Der Wagen fuhr jetzt schnell auf der Nord-Autobahn, und Betty mußte ihre Frage prakisch schreien:

«Warum traurig? Hat dich deine Frau nicht mehr geliebt?»

«Nein», schrie Stanislas seinerseits, «ich habe sie nicht mehr geliebt, und glaube mir, für einen Gentleman ist das entsetzlich.»

Er lachte laut auf und ließ sich nach hinten gegen die Rückenlehne fallen.

Dann kamen sie nach Roissy, in die Hölle von Roissy, und bewunderten Jeromes lässige Gewandtheit, mit der er die Flugscheine vorlegte, das Gepäck aufgab, sich um alles kümmerte. Die drei anderen schauten zu; die beiden Frauen waren es natürlich gewöhnt, daß ein Mann ihnen alles abnahm, und Stanislas schien es seiner Ehre schuldig zu sein, sich nicht zu rühren. Dann kamen diese langen Gänge, die Rollbänder, auf denen sie gleichsam unter Cellophan zu zweit dahinglitten, reglos, wie erstarrt, ein vorgefertigtes Bild der betuchten Paare unserer Zeit. Dann das Flugzeug, sie flogen erster Klasse und saßen hintereinander, und durch das Fenster sah Monika die Wolken vorbeiflitzen, ohne einen Blick in die Zeitschrift zu werfen, die man ihr in die Hand gedrückt hatte. Jerome stand

il y eut le profil de Stanislas qui lui montrait apparemment quelque chose de la main à travers le hublot, mais dont la voix disait :

– Je te veux, tu sais, débrouille-toi, je ne sais pas quand, mais je te veux ce week-end.

Elle battit des paupières mais ne répondit pas.

– Dis-moi que tu veux aussi, reprit-il toujours en souriant.

Elle se retourna vers lui, le regarda gravement, mais, avant qu'elle eût pu dire quoi que ce soit, le haut-parleur de l'avion annonça : «Nous descendons sur Munich, regagnez vos places attachez vos ceintures et arrêtez de fumer, s'il vous plaît.» Ils se dévisagèrent un instant, à la fois comme des ennemis ou des amants, il sourit pour de bon, cette fois-ci, et regagna sa place. Jérôme retournait s'asseoir près d'elle.

Il pleuvait des seaux . Ils se rendaient au chalet de chasse dans une voiture de location. Bien entendu, c'était Jérôme qui conduisait. Avant de monter dans la voiture Monika eut un geste charmant, elle demanda à la nommée Betty si elle avait mal au cœur facilement. Betty, que l'on sentait assoiffée de civilité et de respectabilité, hocha la tête et se retrouva donc sur le siège avant, à côté de Jérôme.

Jérôme était de très bonne humeur. Il y avait des feuilles mortes, de la pluie, un début de brouillard et il devait se concentrer sur la route, mais le jeu des phares, des essuie-glaces, le bruit du moteur interposaient entre lui et les autres une sorte de mur pas si désagréable. Comme d'habitude, il se sentait le responsable, le pilote de cette petite cabine spatiale qui les menait à la hutte de chasse. Il conduisait, il accélérait, il freinait, il dirigeait qua-
12 tre existences, dont la sienne, avec un sentiment
13 d'habitude et de sécurité complète. Les virages

auf, und plötzlich war das Profil von Stanislas neben ihr, dessen Hand ihr etwas durch das Fenster zu zeigen schien, dessen Stimme aber sagte:

«Ich will dich, verstehst du, richte es ein, ich weiß nicht, wann, aber ich will dich an diesem Wochenende.»

Sie blinzelte, antwortete aber nicht.

«Sag mir, daß du mich auch willst», fuhr er fort, immer noch lächelnd.

Sie drehte sich zu ihm und sah ihn ernst an, aber ehe sie etwas sagen konnte, ertönte der Lautsprecher: «Wir sind im Anflug auf München, nehmen Sie wieder Platz, schnallen Sie sich an und stellen Sie bitte das Rauchen ein.» Sie starrten sich einen Augenblick an, zugleich wie Feinde und wie Geliebte,

er lächelte, ganz offenkundig diesmal, und ging wieder auf seinen Platz. Jerome kam zurück und setzte sich neben sie.

Es goß in Strömen. Sie fuhren mit einem Leihwagen zur Jagdhütte. Natürlich setzte sich Jerome ans Steuer. Ehe sie einstiegen, machte Monika eine liebenswürdige Geste und fragte das Mädchen namens Betty, ob ihr im Auto leicht schlecht werde. Betty, der man anmerkte, daß sie auf Höflichkeit und Ehrbarkeit erpicht war, nickte und wurde also auf den Beifahrersitz gesetzt, neben Jerome.

Jerome war sehr guter Stimmung. Die Straße war voller Laub, es regnete und war etwas neblig, und er mußte sich konzentrieren, aber das Spiel der Scheinwerfer und Scheibenwischer, das Geräusch des Motors errichteten zwischen ihm und den anderen gleichsam eine nicht unangenehme Mauer. Wie gewöhnlich fühlte er sich verantwortlich, der Pilot dieses kleinen Raumfahrzeugs, das sie zur Jagdhüte brachte. Er steuerte, er gab Gas, er bremste, er hatte vier Menschenleben, seines eingeschlossen, in seiner Obhut, wie er es gewohnt war, und fühlte sich vollkommen sicher. Die Kurven waren scharf, und es war

étaient très durs et il faisait déjà nuit noire. La route était encaissée, cernée de mélèzes et de sapins, de torrents. Jérôme respirait par la fenêtre toutes les odeurs classiques de l'automne. A cause des virages sans doute, ni Sanislas ni Monika ne parlaient plus. Il tourna la tête un instant vers eux:

– Vous ne dormez pas? Betty ronfle presque.

Stanislas se mit à rire.

– Mais non, on ne dort pas; on regarde, on regarde le noir.

– Vous voulez un peu de musique?

Il alluma la radio et, tout aussitôt, la voix extravagante de la Caballe envahit la voiture. Elle chantait le grand air de la Tosca et, à sa grande surprise, Jérôme sentit les larmes lui monter aux yeux, à tel point qu'il remit machinalement l'essuie-glaces avant de se rendre compte que ce n'était pas l'automne qui lui troublait la vue. Tout à coup, il se disait: «J'aime ce temps, j'aime ce pays, j'aime cette route, j'aime cette voiture et surtout, j'aime cette femme brune derrière moi, cette femme qui est la mienne et qui écoute avec autant de plaisir que moi la voix de cette autre femme qui chante.»

Jérôme s'épanchait peu, parlait peu, encore moins aux autres qu'à lui-même. Les gens disaient de lui qu'il était un homme simple, presque brutal, mais soudain, là, il eut tout à coup envie d'arrêter la voiture, de descendre, d'ouvrir la portière arrière, de prendre sa femme dans ses bras et, malgré le ridicule de la chose, de lui dire qu'il l'aimait. La voix de la chanteuse montait, l'orchestre arrivait derrière, comme fasciné, drainé par cette voix, et Jérôme, machinalement, presque éperdu – mot qui ne lui convenait guère – redressa le rétroviseur et jeta un
14 coup d'œil vers sa femme. Il pensait la voir comme
15 il la voyait souvent dans les concerts, immobile,

schon ganz dunkel. Die Straße verlief in einer Schlucht, zwischen Lärchen und Tannen und Wildbächen. Durch das Fenster atmete Jerome die typischen Herbstdüfte ein. Zweifellos lag es an den Kurven, daß Stanislas und Monika nicht mehr sprachen. Er wandte einen Augenblick den Kopf zu ihnen um.

«Schlaft ihr? Betty schnarcht schon fast.»

Stanislas lachte.

«Keine Spur, wir schlafen nicht. Wir schauen hinaus ins Dunkel.»

«Wollt ihr ein bißchen Musik hören?»

Er schaltete das Radio ein, und fast sofort erfüllte die extravangante Stimme der Caballé den Wagen. Sie sang die große Arie der Tosca, und zu seiner nicht geringen Überraschung merkte Jerome, daß ihm Tränen in die Augen traten, so daß er die Scheibenwischer in Gang setzte, ehe er sich darüber klar wurde, daß ihm nicht der Herbst die Sicht trübte.

Plötzlich sagte er sich: «Ich liebe dieses Wetter, ich liebe dieses Land, ich liebe diese Straße, ich liebe diese brünette Frau hinter mir, die meine Frau ist und mit ebensoviel Vergnügen wie ich der Stimme jener anderen Frau lauscht, die singt.»

Jerome ging wenig aus sich heraus, sprach wenig, noch weniger zu anderen als mit sich selbst. Er galt als ein schlichter Mensch, fast gefühllos, aber jetzt hatte er plötzlich Lust, den Wagen anzuhalten, auszusteigen, die hintere Tür zu öffnen, seine Frau in den Arm zu nehmen und, so lächerlich es auch wäre, ihr zu sagen, daß er sie liebte. Die Stimme der Sängerin hob sich, das Orchester folgte ihr, gleichsam fasziniert, mitgerissen von dieser Stimme und ganz automatisch, fast außer sich – ein Ausdruck, der kaum auf ihn paßte – verstellte Jerome den Rückspiegel und warf einen Blick auf seine Frau. Er hatte geglaubt, sie würde so dasitzen, wie er sie häufig in Konzerten sah, reglos, erstarrt, die Augen weit aufge-

figée, les yeux élargis, mais il abaissa trop brutalement la petite glace du rétroviseur et ce qu'il vit, ce fut la main longue et maigre de Stanislas appuyée, paume à paume, à celle de Monika. Il releva aussitôt la glace et la musique devint une suite incompréhensible et incohérente de sons horribles, hurlés par une folle furieuse. Un instant, il ne distingua plus très bien la route, ni les sapins ni le virage à venir. Mais, tout aussitôt, en lui l'homme d'action, le responsable rectifia l'inclinaison du volant, freina un peu et décida tout aussi tranquillement qu'il voulait que cet homme, derrière, cet homme blond et bleu tapi dans le noir avec sa femme, qu'il voulait, bref, que cet homme-là meure dès le lendemain et de sa propre main. Néanmoins, l'homme en question avait remarqué son crochet et aussitôt Jérôme eut près du sien le visage maintenant détesté, haï de son ami d'enfance.

– Eh bien, dit Stanislas, tu rêves?

– Non, répondit-il, j'écoutais la Tosca.

– La Tosca, reprit gaiement Stanislas, où en sont-ils?

– Ils en sont à l'instant où Scarpia décide de tuer Mario par jalousie.

– Il a bien raison, dit Stanislas en riant, il n'a que ça à faire.

Il se rejeta en arrière près de Monika et, aussitôt, Jérôme sentit en lui une énorme détente. Le chœur fou furieux des voix à la radio s'apaisa et il se mit à sourire.

Il n'y avait effectivement que ça à faire.

C'était un grand chalet de chasse, fait en bois de bouleau avec des poutres, des peaux de bêtes par
16 terre, des cheminées et, au mur, les quelques plus
17 belles têtes empaillées de leurs victimes. Bel en-

rissen, aber er hatte den kleinen Spiegel zu stark gesenkt, und was er sah, war die lange und magere Hand von Stanislas, Handfläche an Handfläche gegen die von Monika gepreßt. Er hob den Spiegel gleich wieder an, und die Musik wurde eine unverständliche und zusammenhanglose Folge entsetzlicher Töne, hervorgestoßen von einer rasenden Irren. Einen Augenblick lang erkannte er die Straße nicht mehr richtig, weder die Tannen noch die Kurven vor ihm. Aber der Mann der Tat in ihm, der verantwortungsbewußte, hatte den Wagen gleich wieder in der Gewalt, bremste ein wenig und beschloß ebenso ruhig, daß er diesen blonden, blauäugigen Mann, der da hinten im Dunkeln bei seiner Frau hockte, gleich morgen mit eigener Hand umbringen würde. Der Mann, dem diese Gedanken galten, hatte indessen den Zickzackkurs des Fahrers bemerkt, und plötzlich tauchte neben Jerome das jetzt verabscheute, verhaßte Gesicht seines Jugendfreundes auf.

«Na», fragte Stanislas, «träumst du?»

«Nein», antwortete er. «Ich habe Tosca gehört.»

«Tosca», wiederholte Stanislas fröhlich. «Wie weit sind sie denn jetzt?»

«Sie sind so weit, daß Scarpia beschließt, Mario aus Eifersucht umzubringen.»

«Recht hat er», sagte Stanislas lachend. «Nur das braucht er zu tun.»

Er ließ sich nach hinten fallen neben Monika, und Jerome fühlte sich mit einemmal ganz entspannt. Der rasende, verrückte Chor der Stimmen im Radio beruhigte sich, und er lächelte.

Nur das brauchte er tatsächlich zu tun.

Es war eine große Jagdhütte, aus Birkenholz, mit Deckenbalken, Fellen auf dem Boden, offenen Kaminen und einigen der schönsten Geweihe erlegter Tiere an den Wänden. Eine wahrlich prächtige Unterkunft! Plötzlich

droit en vérité! Il le trouvait grotesque tout à coup. Il avait réveillé Betty, descendu les bagages, allumé les feux et demandé au garde de leur préparer le repas. Ils avaient dîné très gaiement en écoutant – caprice de Stanislas – des chansons américaines sur le vieil électrophone. A présent, ils étaient dans leur chambre, lui et Monika. Elle se déshabillait dans la salle de bains et il achevait une bouteille de Wilhelmine, assis au pied du lit.

Il y avait en lui quelque chose de parfaitement immobile, de parfaitement douloureux et de parfaitement irrémédiable. Il savait qu'il ne pourrait pas lui demander: «Est-ce que ça existe? Qui? Depuis quand? Pourquoi? Comment cela va-t-il finir?» En fait, il y avait bien longtemps qu'il ne parlait plus à sa femme. Il la promenait avec lui partout, il la nourrissait, il lui faisait l'amour mais ne lui parlait plus. Et il lui sembla confusément que ces questions-là, aussi motivées soient-elles, n'auraient été que le signe d'une indiscrétion inopportune, démodée, presque vulgaire.

Il buvait avec application, sans raison spéciale, sans désespoir non plus. Il buvait pour se calmer. Ce n'était pas un homme à somnifères, ni à amphétamines. Mais un homme à rien, «un homme simple», pensa-t-il avec amertume et une sorte de dérision et de mépris à son égard.

Monika rentra dans la chambre, les cheveux toujours aussi noirs, les pommettes toujours aussi hautes et les yeux toujours aussi tranquilles. Elle lui posa la main sur la tête au passage, de ce geste habituel qui était à la fois signe de sujétion et de pouvoir, et il n'eut aucun mouvement de recul.

– Tu as l'air fatigué, dit-elle, tu devrais te cou-
18 cher tout de suite. Vous partez tôt à la chasse,
19 demain.

kam sie ihm grotesk vor. Er hatte Betty geweckt, das Gepäck ausgeladen, das Feuer angemacht und den Wildhüter gebeten, ihnen eine Mahlzeit zu bereiten. Sie hatten sehr vergnügt zu Abend gegessen und dabei – ein Einfall von Stanislas – auf dem alten Plattenspieler amerikanische Songs gehört. Jetzt waren sie in ihrem Zimmer, Monika und er. Sie zog sich im Badezimmer aus, und er saß am Fußende des Bettes und leerte eine Flasche Birnengeist.

Er spürte in sich etwas, das vollkommen regungslos, vollkommen schmerzhaft und vollkommen unheilbar war. Er wußte, daß er sie nicht fragen konnte: «Ist da etwas? Wer? Seit wann? Warum? Wie soll das enden?» Tatsächlich sprach er schon lange nicht mehr mit seiner Frau. Er nahm sie überallhin mit, er ernährte sie, er schlief mit ihr, aber er sprach nicht mehr mit ihr.

Und er hatte das undeutliche Gefühl, daß diese Fragen, wie begründet sie auch sein mochten, nur ein Zeichen von unangebrachter, nicht mehr zeitgemäßer, geradezu derber Indiskretion wären.

Er trank beflissen, ohne besonderen Grund und auch nicht aus Verzweiflung. Er trank, um sich zu beruhigen. Er gehörte nicht zu denen, die Schlafmittel oder Aufputschmittel nehmen. Er nahm nichts, er war «ein schlichter Mensch», dachte er verbittert und höhnisch und sich selbst verachtend.

Monika kam ins Schlafzimmer zurück, die Haare so schwarz, die Backenknochen so hoch und die Augen so ruhig wie eh und je. Im Vorbeigehen strich sie ihm über den Kopf mit dieser üblichen Gebärde, die gleichzeitig ein Zeichen von Unterwerfung und Macht war, und er zuckte keineswegs zurück.

«Du siehst müde aus», sagte sie. «Du solltest dich gleich schlafen legen. Ihr wollt morgen früh auf die Jagd gehen.»

C'était drôle, en effet, à y penser. Elle ne chassait jamais, elle n'avait jamais voulu partir avec eux. Elle prétendait qu'un coup de feu lui faisait peur, que les chiens excités la dérangeaient, bref, elle n'aimait pas chasser. Il ne s'était jamais demandé pourquoi, au fond, Monika ne voulait pas les suivre, car enfin elle ne craignait ni la fatigue ni la marche et elle n'avait jamais eu peur de rien.

– C'est drôle, dit-il, et sa voix lui parut pâteuse tout à coup, c'est drôle que tu ne chasses pas.

Elle se mit à rire.

– Après dix ans, tu d'étonnes?

– Il n'est jamais trop tard, dit-il bêtement et, à sa propre stupeur, il se mit brusquement à rougir.

– Mais si, dit-elle en s'allongeant et en bâillant, mais si, il est trop tard. Vois-tu, j'aime bien les animaux sauvages, je les trouve plus convenables que les autres.

– Convenables? dit-il.

Elle sourit et éteignit la lampe de son côté.

– Oh? dit-elle, ça ne veut rien dire. Pourquoi ne te couches-tu pas?

Il acquiesça, enleva son chandail et ses chaussures et brusquement se laissa tomber en travers du lit.

– Quel paresseux! dit-elle, et, se penchant pardessus lui, elle éteignit sa lampe de chevet.

Il écoutait, il entendait le silence. Elle respirait tranquillement, elle allait dormir.

– Tu n'as pas trouvé, demanda-t-il, et sa propre voix lui parut aussi incertaine et angoisée que celle d'un enfant, tu n'as pas trouvé qu'elle chante vraiment bien, Caballe, cet air de la Tosca?

– Mais si, dit-elle, admirablement bien, pourquoi?

Il y eut un léger silence, puis elle se mit à rire, de son rire habituel, un peu bas, léger, naturel.

Es war schon komisch, wenn man es sich recht überlegte. Sie ging niemals auf die Jagd, sie hatte ihn und die anderen niemals begleiten wollen. Sie behauptete, das Schießen mache ihr Angst, die aufgeregten Hunde störten sie, kurz, sie jage nicht gerne. Er hatte sich niemals gefragt, warum Monika eigentlich nicht mitkommen wollte, denn im Grunde scheute sie weder Anstrengungen noch das Laufen und hatte niemals vor irgend etwas Angst gehabt.

«Komisch», sagte er, und seine Stimme kam ihm plötzlich belegt vor, «komisch, daß du nicht jagst.»

Sie lachte.

«Nach zehn Jahren verwundert dich das?»

«Es ist nie zu spät», sagte er töricht und war selbst darüber betroffen, daß er plötzlich errötete.

«Doch», sagte sie, während sie sich hinlegte und gähnte, «doch, es ist zu spät. Ich mag die freilebenden Tiere nämlich gern; ich finde sie viel richtiger als die anderen.»

«Richtiger?» fragte er.

Sie lächelte und knipste ihre Nachttischlampe aus.

«Oh», erwiderte sie, «das will nichts besagen. Warum gehst du nicht ins Bett?»

Er fügte sich, zog seinen Pullover und die Schuhe aus und ließ sich plötzlich quer auf das Bett fallen.

«So ein Faulpelz», sagte sie, beugte sich über ihn und knipste seine Nachttischlampe aus.

Er hörte die Stille, er lauschte ihr. Monika atmete ruhig, sie war am Einschlafen.

«Fandest du nicht auch», fragte er, und seine Stimme erschien ihm ebenso unsicher und ängstlich wie die eines Kindes, «fandest du nicht auch, daß sie die Arie der Tosca wirklich gut gesungen hat, die Caballé?»

«Doch», sagte sie. «Bewundernswert. Warum?»

Es trat ein kurzes Schweigen ein, dann lachte sie, es war ihr übliches Lachen, etwas tief, leise, ungekünstelt.

– L'Opéra te rend romantique, ou l'automne, ou les deux.

Et il se pencha et, à tâtons, chercha sur le plancher la bouteille de Wilhelmine. L'alcool était froid et chaud et sans aucune odeur. «Je pourrais me retourner vers elle, pensa-t-il, la prendre dans mes bras, lui faire faire tout ce que je veux.» Et quelqu'un en lui, quelqu'un de puéril, de faible et d'affamé tendit la main vers elle. Il toucha son épaule et, d'un mouvement parfaitement naturel, elle bougea la tête et mit sa bouche sur sa main.

– Dors, dit-elle, il est tard. Je suis claquée et toi, tu seras claqué demain. Dors, Jérôme.

Alors, il retira sa main, se retourna de l'autre côté et l'enfant affolé disparut et fit place à un homme de quarante ans qui, dans le noir, glacé et gavé de Wilhelmine, réfléchissait méticuleusement, soigneusement, à la manière dont il pourrait à travers un téléobjectif, un point de mire, une gâchette, du feu, du fer et du bruit, éliminer de la vie, et surtout de la vie de cette étrangère à ses côtés, un inconnu blond et nocif nommé Stanislas.

Il était dix heures du matin. Il faisait beau, affreusement beau. Il y avait déjà trois heures qu'ils battaient les bois. Le garde-chasse avait repéré un isard superbe et Jérôme l'avait déjà eu deux fois dans le champ de ses jumelles, mais à présent son gibier était tout autre. Son gibier avait les cheveux blonds, un costume de daim et de cuir fauve, son gibier était drôlement difficile à tuer. Il l'avait déjà loupé deux fois. La première fois, l'autre s'était jeté d'un bond derrière un taillis, ayant cru voir
22 l'isard. La seconde fois, la tête blonde de Betty
23 était venue s'interposer entre le petit point noir et

«Die Oper macht dich romantisch, oder der Herbst, oder beides.»

Er beugte sich hinunter und tastete auf dem Fußboden nach der Flasche. Der Birnengeist kam ihm kalt und zugleich warm vor und völlig geruchlos. «Ich könnte mich zu ihr umdrehen», dachte er, «sie in die Arme nehmen, sie alles tun lassen, was ich will.» Und jemand in ihm, jemand, der kindlich und schwach und ausgehungert war, streckte die Hand nach ihr aus. Er berührte ihre Schulter, und mit einer völlig natürlichen Bewegung wandte sie den Kopf und drückte die Lippen auf seine Hand.

«Schlaf», sagte sie. «Es ist spät. Ich bin todmüde, und morgen wirst du todmüde sein. Schlaf, Jerome.»

Da zog er seine Hand zurück und drehte sich auf die andere Seite, das geängstigte Kind verschwand und machte einem Mann von vierzig Jahren Platz, der im Dunkeln, eiskalt und nach mehr als genug Birnengeist, sich haargenau und sorgfältig überlegte, wie er mit Hilfe eines Teleobjektivs, eines Zielpunkts, eines Abzugs, mit Feuer, Eisen und Lärm einen blonden und schädlichen Unbekannten, diesen Stanislas, aus der Welt schaffen, insbesondere aus dem Leben der Fremden an seiner Seite vertreiben könnte.

Es war zehn Uhr morgens. Das Wetter war schön, entsetzlich schön. Seit drei Stunden strichen sie durch die Wälder. Der Wildhüter hatte eine prachtvolle Gemse aufgespürt, und Jerome hatte sie schon zweimal im Blickfeld seines Jagdglases gehabt, aber jetzt war sein Wild ein ganz anderes. Sein Wild hatte blonde Haare und trug eine Wildlederjacke und Lederhosen und war seltsam schwer zu töten. Er hatte es schon zweimal verfehlt. Beim erstenmal war der andere mit einem Satz hinter ein Gebüsch gesprungen, weil er geglaubt hatte, die Gemse zu sehen. Beim zweitenmal hatte sich Bettys blonder Kopf zwischen den kleinen schwarzen und spiegelnden Punkt seines Ge-

miroitant de son fusil et sa proie. Et maintenant, là, il l'avait bien en face. Stanislas Brem était debout, au centre d'une clairière. Il avait mis son fusil entre ses pieds, il s'appuyait sur une jambe, il regardait le ciel bleu, les arbres roux avec une sorte de bonheur insupportable, et le doigt de Jérôme commença à peser sur la détente. Ce profil allait exploser, ces cheveux blonds et trop fins et dégénérés ne reposeraient plus jamais dans la main de Monika, cette peau d'enfant perverti recevrait l'impact de cinquante chevrotines. Et tout à coup, Stanislas, d'un geste inattendu, un geste de solitaire, leva les bras vers le ciel; il s'étira, laissant glisser son fusil par terre dans une attitude de bonheur, d'abandon abominable.

Comme giflé, Jérôme tira. Stanislas sursauta, regarda autour de lui, apparemment plus stupéfait qu'effrayé. Jérôme baissa la main, constata sans aucune fierté qu'elle ne tremblait pas, mais constata aussi avec fureur qu'il n'avait pas pensé à changer la hausse. Il tirait à deux cents mètres avec la hausse classique du gibier à plume, c'est-à-dire cinquante mètres. Il rectifia, re-épaula et la voix du garde-chasse le dérangea plus qu'elle ne lui fit peur.

– Vous avez vu quelque chose, monsieur Berthier?

– J'ai cru voir une perdrix, dit Jérôme en se retournant.

– Il ne faut pas tirer, dit le garde-chasse. Si vous voulez l'isard, il ne faut pas faire de bruit. Je sais où il va, je sais où on peut le piéger, il ne faut pas l'effrayer.

– Je vous demande pardon, dit Jérôme bêtement.
24 Je ne tirerai plus pour rien.
25 Et il ouvrit son fusil et suivit le vieil homme.

wehrs und seine Beute geschoben. Und jetzt hatte er ihn genau gegenüber. Stanislas Brem stand mitten auf einer Lichtung. Er hatte seine Flinte zwischen die Füße gestellt, Standbein und Spielbein, und betrachtete mit einer Art unerträglicher Glückseligkeit den blauen Himmel und die rötlichen Bäume.

Jeromes Finger berührte den Abzug. Dieses Profil würde zerbersten, diese blonden und zu feinen und degenerierten Haare würden niemals wieder in Monikas Hand ruhen, diese Haut eines verderbten Kindes würde von fünfzig Schrotkugeln getroffen werden. Und plötzlich hob Stanislas mit einer unerwarteten Gebärde, der Gebärde eines Einsiedlers, die Arme zum Himmel; er reckte sich und ließ sein Gewehr zu Boden gleiten, glückselig und abscheulich ungezwungen.

Als ob er eine Ohrfeige erhalten hätte, schoß Jerome. Stanislas fuhr zusammen, schaute sich um, offenbar mehr verblüfft, als erschreckt. Jerome ließ die Hand sinken und stellte ohne jeden Stolz fest, daß sie nicht zitterte, stellte aber auch voll Wut fest, daß er nicht daran gedacht hatte, das Visier zu verstellen. Er hatte auf zweihundert Meter geschossen, mit der für Vogelwild gültigen Einstellung, das heißt auf fünfzig Meter. Er berichtigte es und legte wieder an, und die Stimme des Wildhüters störte ihn eher, als daß sie ihm Angst machte.

«Haben Sie etwas gesehen, Herr Berthier?»

«Ich glaubte, ein Rebhuhn gesehen zu haben», antwortete Jerome und drehte sich um.

«Man darf nicht schießen», sagte der Wildhüter. «Wenn Sie die Gemse haben wollen, dürfen Sie keinen Lärm machen. Ich weiß, wo sie sich aufhält, ich weiß, wo man ihr auflauern kann, aber man darf sie nicht erschrekken.»

«Entschuldigung», sagte Jerome töricht. «Ich werde nicht mehr umsonst schießen.»

Er sicherte sein Gewehr und folgte dem jungen Mann.

Curieusement, il était partagé entre l'amusement et la colère. Il savait pertinemment qu'il tuerait Stanislas avant la fin de la journée, mais il finissait par trouver plaisant de devoir s'y prendre à plusieurs fois.

Deux heures plus tard, il était perdu. Ils étaient tous perdus, d'ailleurs, l'isard était trop malin, la chasse trop vaste, les rabatteurs trop peu nombreux. Et, à force de suivre un autre gibier que le gibier officiel, il finit par tomber bêtement et tout seul devant ce dernier, loin bien sûr, très loin de lui. L'isard était debout sur un rocher, à contre-soleil, absolument immobile. Instinctivement, Jérôme attrapa ses jumelles. Il tremblait à présent, il était fatigué, essoufflé, il devenait vieux, il avait quarante ans et il aimait une femme qui ne l'aimait plus. Cette idée le laissa un instant presque aveugle, puis il ajusta ses jumelles et il vit l'isard de très près, comme à le toucher. Il était beige et jeune, il avait les yeux inquiets mais orgueilleux, il regardait tantôt vers la vallée d'où venaient ses ennemis, tantôt vers la montagne, et il semblait s'amuser de cette mise à mort. Il y avait quelque chose en lui de craintif, de fragile et d'invulnérable. Il semblait être là pour prouver le charme de l'innocence, de l'agilité et de la fuite. Il était beau. Il était plus beau qu'aucune des bêtes que Jérôme eût jamais chassées.

– Plus tard, se dit Jérôme, plus tard, je tuerai ce type. (Il n'arrivait même plus à se rappeler son nom.) Mais toi, toi, mon bel ami, je te veux.

Et il commença à grimper le sentier horriblement escarpé qui le menait vers lui.

La chasse, en bas, s'égarait. On entendait des
26 chiens à gauche, des chiens à droite, des coups de
27 sifflet de plus en plus lointains, et Jérôme avait

Seltsamerweise war er hin- und hergerissen zwischen Belustigung und Zorn. Er wußte ganz genau, daß er Stanislas erschießen würde, ehe der Tag zu Ende war, aber letzten Endes fand er es ganz ergötzlich, mehrmals den Versuch machen zu müssen.

Zwei Stunden später hatte er sich hoffnungslos verirrt. Übrigens hatten sie alle sich verirrt, die Gemse war zu gewitzt, das Jagdrevier zu groß und die Zahl der Treiber zu klein. Und da er immerzu einem anderen Wild folgte als dem offiziellen, stieß er zu guter Letzt ganz zufällig und allein auf dieses offizielle Wild, von fern allerdings, sehr fern. Die Gemse stand auf einem Felsen, gegen die Sonne, völlig reglos. Instinktiv griff Jerome nach dem Jagdglas. Er zitterte jetzt, er war müde, außer Atem, er wurde alt, er war vierzig Jahre alt und liebte eine Frau, die ihn nicht mehr liebte. Dieser Gedanke machte ihn einen Augenblick lang fast blind, dann stellte er den Feldstecher ein und sah die Gemse ganz nah, zum Greifen nah. Sie war beige, sie war jung; sie hatte unruhige, aber stolze Augen und schaute abwechselnd ins Tal, woher ihre Feinde kamen, und dann wieder hinauf zum Berg, und diese Hetzjagd schien sie zu belustigen. Sie hatte etwas Scheues an sich, etwas Zartes und Unverletzliches. Sie schien dazusein, um den Reiz der Unschuld, der Behendigkeit und der Flucht zu beweisen. Sie war schön. Sie war schöner als irgendeines der Tiere, die Jerome je gejagt hatte.

«Später», sagte er sich, «später werde ich diesen Typ umbringen. (Er konnte sich nicht einmal mehr an seinen Namen erinnern.) Aber dich, meine schöne Freundin, dich will ich jetzt.»

Und er begann, den entsetzlich steilen Pfad zu erklimmen, der zu ihr hinaufführte.

Die Jagd unten verlief sich. Man hörte Hunde links, man hörte Hunde rechts, man hörte immer weiter entfernte Pfiffe, und Jerome hatte das Gefühl, eine mißliche

l'impression de quitter un monde ennuyeux et sordide pour revenir chez lui.

Malgré le soleil, il faisait très froid. Quand il reprit ses jumelles, l'isard était toujours là, il lui sembla qu'il le regardait, puis, à petits pas, il s'enfonça dans une futaie. Jérôme arriva à la futaie une demi-heure plus tard. Il suivit les traces jusqu'à un défilé et, là, l'isard de nouveau l'attendait. Il n'y avait plus qu'eux dans cette chasse. Le cœur de Jérôme tapait affreusement et il avait presque envie de vomir. Il s'assit par terre et repartit. Puis il s'arrêta pour manger quelque chose, du pain et du jambon de sa gibecière, et l'isard l'attendit, du moins le crut-il. Puis il fut quatre heures de l'après-midi et il avait dépassé les limites de la chasse et pratiquement la limite de ses forces et toujours l'isard était devant lui, fuyant et tendre, mais toujours discernable dans sa beauté à travers les prismes de ses jumelles. Intirable, bien sûr, et inattrapable et toujours là.

Jérôme était à présent si fatigué depuis huit heures qu'il pourchassait ou qu'il suivait, il ne savait plus, cet animal bizarre, qu'il finissait par parler à voix haute. Il avait baptisé cet isard «Monika», et en marchant, en trébuchant et en jurant de la façon la plus grossière, il disait parfois: «Nom de Dieu, Monika, ne va pas si vite!» Un moment, il hésita devant une mare, puis s'y engagea tranquillement, son fusil brandi au-dessus de la tête, de l'eau jusqu'à la taille, chose qu'il savait pourtant dangereuse et stupide par ce temps-là, pour un chasseur. Et, quand il se sentit glisser, tout d'abord il ne résista pas. Il partit à la renverse, à la dérive, de l'eau plein le cou, la bouche, le nez,
28 il suffoqua à moitié. Une sorte de plaisir délicieux
29 l'envahit, un plaisir d'abandon très loin de sa na-

und schmutzige Welt zu verlassen, um zu sich selbst zurück zukommen.

Trotz der Sonne war es sehr kalt. Als er wieder das Jagdglas nahm, war die Gemse immer noch da. Ihm schien, als ob sie ihn anschaute, und dann ging sie mit kleinen Schritten in einen Hochwald. Jerome erreichte den Hochwald eine halbe Stunde später. Er folgte den Spuren bis zu einem Engpaß, und dort wartete die Gemse wiederum auf ihn. Es gab nur noch sie beide auf dieser Jagd. Jeromes Herz klopfte wie wild, und ihm war fast übel. Er setzte sich auf die Erde und ging dann wieder weiter. Einmal machte er halt, um etwas zu essen, Brot und Schinken aus seiner Jagdtasche, und die Gemse wartete auf ihn, zumindest glaubte er es. Dann war es vier Uhr nachmittags, und er hatte die Grenzen des Reviers überschritten und praktisch auch die Grenze seiner Kräfte, und immer war die Gemse noch vor ihm, flüchtig und zart, aber durch die Prismen seines Feldstechers immer erkennbar. Unschießbar, gewiß, und unerreichbar und immer da.

Jerome war jetzt so müde, nachdem er dieses seltsame Tier gejagt hatte oder ihm gefolgt war, das wußte er nicht mehr, daß er schließlich laut sprach. Er hatte diese Gemse «Monika» genannt, und wenn er ging und stolperte und auf höchst unfeine Weise fluchte, sagte er manchmal: «Verflixt, Monika, geh nicht so schnell!» Einen Augenblick zögerte er vor einem Wassertümpel, dann ging er ruhig hindurch, das Gewehr hielt er hoch über dem Kopf, denn das Wasser reichte ihm bis zur Taille, und daß das bei solchem Wetter für einen Jäger gefährlich und dumm war, wußte er durchaus. Und als er merkte, daß er ausrutschte, leistete er zuerst keinen Widerstand. Er fiel nach hinten, ließ sich treiben, Hals, Mund und Nase waren unter Wasser, er erstickte fast. Es war gleichsam eine köstliche Lust, die ihn überkam, es machte ihm Freude, sich gehen zu lassen, was gar nicht seinem Wesen ent-

ture. «Je suis en train de me suicider», pensa-t-il, et l'homme tranquille en lui reparut, le rééquilibra, le fit sortir trempé et hagard et grelottant de cette malheureuse mare. Cela lui rappelait quelque chose, mais quoi? Il se mit à parler à voix haute:

«Il m'a semblé en écoutant Caballe que j'allais me noyer, que je me noyais. C'est comme la fois, tu te rapelles, la première fois que je t'ai dit que je t'aimais? On était chez toi et tu t'es avancée vers moi et, tu te rappelles, c'était la première fois qu'on a fait l'amour ensemble. J'avais si peur de coucher avec toi et si envie, que j'avais l'impression que j'allais me suicider.»

Il attrapa la gourde d'alcool dans sa gibecière, bourrée à présent de cartouches trempées et inutiles, et but au goulot, longuement. Puis il reprit ses jumelles, et, toujours un peu plus loin, il y avait l'isard – Monika – l'amour (il ne savait plus son nom) qui l'attendait. Il lui restait encore, Dieu merci, deux bonnes balles bien sèches dans le canon de son fusil.

Vers cinq heures, le soleil était oblique, comme parfois, d'ailleurs, en Bavière à l'automne. Jérôme claquait des dents quand il s'engagea dans la dernière combe. Il tomba de fatigue et s'allongea au soleil. Monika vint s'asseoir près de lui et il reprit son discours:

«Et tu te rappelles, une fois, une fois on s'était disputé et tu voulais me quitter. Dix jours, je crois, avant qu'on ne se marie; et j'étais allongé sur l'herbe, chez tes parents, et il faisait très mauvais et j'étais triste. J'avais fermé les yeux, je me rappelle très bien, maintenant, et tout à coup j'ai senti la chaleur du soleil qui tombait sur mes paupières et c'était vraiment un coup de chance parce qu'il avait fait très mauvais jusque-là, et, quand j'ai

sprach. «Ich bin im Begriff, Selbstmord zu verüben», dachte er, und der verständige Mensch in ihm kam wieder zum Vorschein, brachte ihn wieder ins Gleichgewicht, sorgte dafür, daß er durchnäßt und verstört und zitternd aus diesem unseligen Tümpel herauskam. Das erinnerte ihn an etwas, aber an was? Er begann laut zu reden:

«Mir war, als ich die Caballé hörte, als ob ich mich ertränken würde, als ob ich ertrank. Das war wie damals, erinnerst du dich, als ich dir zum erstenmal sagte, daß ich dich liebte? Wir waren bei dir, und du bist auf mich zugegangen, und dann haben wir, erinnerst du dich, das erstemal zusammen geschlafen. Ich habe solche Angst davor gehabt, mit dir zu schlafen, und solches Verlangen danach, und mir war, als würde ich Selbstmord begehen.»

Er holte aus der Jagdtasche, in der jetzt lauter nasse und unbrauchbare Patronen waren, die Feldflasche mit Schnaps und nahm einen gehörigen Schluck. Dann griff er wieder nach dem Feldstecher, und die Gemse – Monika – die Liebe (er wußte ihren Namen nicht mehr) wartete auf ihn, immer ein wenig weiter entfernt. Gott sei Dank, zwei trockene Kugeln hatte er noch im Lauf seiner Flinte.

Gegen fünf Uhr wärmte die tiefstehende bayrische Herbstsonne kaum mehr. Jerome klapperte mit den Zähnen, als er in die letzte Schlucht einstieg. Er war zum Umfallen müde und legte sich in die Sonne. Monika setzte sich neben ihn, und er nahm das Gespräch wieder auf:

«Und erinnerst du dich, einmal haben wir uns gestritten, und du wolltest mich verlassen. Es war, glaube ich, zehn Tage vor unserer Hochzeit; und ich lag auf dem Rasen bei deinen Eltern, und das Wetter war schlecht, und ich war traurig. Ich hatte die Augen geschlossen, daran erinnere ich mich jetzt sehr genau, und plötzlich habe ich die Wärme der Sonne gespürt, die auf meine Lider fiel, und das war wirklich ein Glücksfall, denn bis dahin war das Wetter schlecht gewesen, und als ich wegen

rouvert les yeux à cause du soleil, tu étais déjà assise, enfin à genoux à côté de moi, et tu me regardais et tu souriais.»

«Eh oui, dit-elle, je me souviens très bien. Tu avais été odieux, j'étais vraiment en colère. Après, je te cherchais et, quand je t'ai vu, allongé sur la pelouse en train de bouder, ça m'a donné envie de rire et de t'embrasser.»

Là-dessus, elle disparut et se frottant les yeux, Jérôme se releva. La combe se terminait par une sorte de rocher extrêmement escarpé, presque vertical, devant lequel l'isard se tenait immobile. Jérôme avait sa bête. Il ne l'avait pas volée. Il n'avait jamais de sa vie couru près de dix heures après un gibier quelconque. Il s'arrêta à l'entrée de la combe, épuisé, et referma son fusil. Il éleva un peu la main droite et attendit. L'isard le regardait, à vingt mètres á présent. Il était toujours aussi beau, un peu trempé de sueur, et ses yeux bleu-jaune, ses yeux de soie, comment savoir dans ce soleil, étaient tout à fait fixes.

Jérôme épaula son fusil et l'isard alors fit une chose stupide et maladroite: il se détourna et essaya, pour la dixième fois sans doute, d'escalader le ravin et, pour la dixième fois sans doute, il glissa, dérapa de façon ridicule, malgré sa grâce, et se retrouva immobile, tremblant et toujours implacable, devant le fusil de Jérôme.

Jérôme ne sut jamais pourquoi, quand ni comment il décida de ne pas tuer cet isard. Peut-être fut-ce à cause de cet effort désespéré et maladroit, peut-être cette beauté simple, peut-être cet orgueil et cette animalité paisible dans les yeux obliques. D'ailleurs, Jérôme ne chercha jamais à savoir pourquoi.

der Sonne die Augen öffnete, saßest du schon da oder knietest neben mir, und du hast mich angeschaut und gelächelt.»

«O ja», sagte sie, «ich erinnere mich sehr genau. Du warst abscheulich gewesen, und ich war wirklich wütend. Nachher habe ich dich gesucht, und als ich dich da auf dem Rasen liegen und schmollen sah, da überkam mich die Lust, zu lachen und dich zu küssen.»

Nach diesen Worten verschwand sie, und Jerome rieb sich die Augen und stand auf. Am Ende der Schlucht erhob sich ein außerordentlich steiler Felsen, fast senkrecht, vor dem die Gemse reglos stand. Jerome hatte sein Tier. Es war ihm nicht in den Schoß gefallen. In seinem ganzen Leben war er niemals einem Wild fast zehn Stunden nachgelaufen. Er blieb erschöpft am Eingang der Schlucht stehen und entsicherte sein Gewehr wieder. Er hob die rechte Hand ein wenig und wartete ab. Die Gemse sah ihn an, jetzt zwanzig Meter entfernt. Sie war immer noch ebenso schön, etwas verschwitzt, und ihre blaugelben Augen, wie sollte man es bei dieser Sonne genau feststellen, Augen wie Seide, blickten völlig starr.

Jerome legte das Gewehr an, und die Gemse tat daraufhin etwas ganz Dummes und Ungeschicktes: sie drehte sich um und versuchte, zweifellos zum zehntenmal, die Schlucht zu erklimmen, und glitt, zweifellos zum zehntenmal, aus, rutschte trotz ihrer Anmut auf lächerliche Weise wieder herunter und fand sich reglos, zitternd und immer noch unnachgiebig vor Jeromes Flinte wieder.

Jerome wußte später nicht, warum, wann oder wie er beschlossen hatte, diese Gemse nicht zu erlegen. Vielleicht war der Grund diese verzweifelte und ungeschickte Anstrengung, vielleicht diese schlichte Schönheit, vielleicht dieser Stolz und diese friedliche Animialität in den schrägstehenden Augen. Im übrigen bemühte sich Jerome auch nie mehr, den Grund herauszufinden.

Il fit demi-tour et repartit par le même chemin inconnu, il repartit vers le rendez-vous de chasse. En arrivant, il trouva tout le monde affolé, on l'avait cherché partout, et le jeune garde-chasse aussi, qui lui, il le sentait, savait. Néanmoins, quand ils lui demandèrent ensemble où était l'isard et où il l'avait abandonné – car enfin, il était arrivé pratiquement aveugle, ankylosé et malade de faitgue jusqu'à la porte où il s'était effondré – il ne sut que répondre.

Stanislas lui donna du cognac et sa femme, assise sur le lit, près de lui, lui tenait la main. Elle était pâle. Il lui demanda pourquoi et elle répondit qu'elle avait eu peur pour lui. A sa propre surprise, il la crut tout de suite.

– Tu as eu peur que je meure, dit-il, que je tombe d'un rocher?

Elle hocha la tête sans répondre et, tout à coup, elle se pencha sur lui, mit la tête sur son épaule. Pour la première fois de sa vie, elle avait un geste envers lui en public.

Stanislas, qui ramenait un autre verre de cognac, regarda, comme foudroyé: les cheveux noirs de cette femme sur l'épaule de cet homme vanné, et les très légers sanglots de cette femme, des sanglots de soulagement, et, soudainement, Stanislas jeta le verre de cognac dans la cheminée.

– Dis-moi, dit-il, et sa voix était devenue aiguë, alors, l'isard? Tu n'as même pas pu ramener ta proie sur ton dos, toi, l'homme de fer?

Et alors, à son grand étonnement, devant le feu flamboyant, et Betty stupéfaite, Jérôme Berthier s'entendit répondre:

34 – Ce n'est pas ça. Je n'ai pas osé le tirer.

35 Monika releva la tête un instant et ils se regar-

Er machte kehrt und ging denselben unbekannten Weg zurück, er ging zum Jagdhaus. Als er ankam, waren alle in heller Aufregung, hatten ihn überall gesucht, auch der junge Wildhüter, der, das spürte er, Bescheid wußte. Dennoch, als sie ihn alle auf einmal fragten, wo die Gemse gewesen sei

und wo er sie aufgegeben habe – denn er war praktisch blind, steif und krank vor Müdigkeit bis zur Tür getaumelt, wo er zusammenbrach –, da wußte er nicht, was er antworten sollte.

Stanislas schenkte ihm einen Cognac ein, und seine Frau saß neben ihm auf dem Bett und hielt seine Hand. Sie war blaß. Er fragte sie, warum, und sie antwortete, sie habe Angst um ihn gehabt. Zu seiner eigenen Überraschung glaubte er es ihr sofort.

«Hast du Angst gehabt, daß ich sterbe?» fragte er. «Daß ich von einem Felsen abstürze?»

Sie nickte, ohne zu antworten, und plötzlich beugte sie sich über ihn und legte den Kopf an seine Schulter. Zum erstenmal in ihrem Leben zeigte sie vor anderen ihre Gefühle für ihn. Stanislas, der ein zweites Glas Cognac brachte, blieb wie vom Blitz getroffen stehen: die schwarzen Haare der Frau auf der Schulter des erschöpften Mannes, und die Frau schluchzte leise, es waren Schluchzer der Erleichterung, und mit einemmal warf Stanislas das Glas Cognac in den Kamin.

«Sag mal», fragte er, und seine Stimme war schrill geworden, «was ist denn nun mit der Gemse? Hast du nicht einmal deine Beute auf dem Rücken hertragen können, du Mann aus Eisen und Stahl?»

Und zu seiner großen Überraschung, vor dem flammenden Feuer und der verblüfften Betty, hörte sich Jerome Berthier antworten:

«Das ist es nicht. Ich habe nicht gewagt, sie zu erschießen.»

Monika hob einen Augenblick den Kopf, und sie sahen

dèrent. Elle leva la main lentement et dessina son visage avec ses doigts.

– Tu sais, dit-elle (à ce moment-là ils étaient seuls au monde), tu sais, même si tu l'avais tué...

Et, pratiquement, les autres disparurent, et il la ramena contre lui, et le feu dans la cheminée prit des proportions extravagantes.

sich an. Dann strich sie ihm mit einer langsamen, zärtlichen Geste über das Gesicht.

«Weißt du», sagte sie (in diesem Augenblick waren sie allein auf der Welt), «weißt du, selbst wenn du sie geschossen hättest...»

Und die anderen verschwanden vollends, und er zog Monika an sich, und das Feuer im Kamin nahm ganz närrische Dimensionen an.

Elle commençait à être lasse, et de l'endroit et de son amant. C'était pourtant l'endroit et l'amant à la mode. Le «Sniff Club», et Kurt, le beau Kurt. Seulement, elle avait beau aimer ça, les beaux hommes et les boîtes de nuit, elle en avait assez ce soir-là. Après trente ans, certains clichés ne vous suffisent pas forcément, surtout s'ils sont un peu trop bruyants, comme le «Sniff», ou un peu trop hargneux, comme Kurt. Donc, elle bâillait et il la dévisagea:

– Tu penses à Bruno?

Il ne fallait pas lui parler de Bruno. Bruno, c'était son premier mari, le seul, la déchirure. Celui qu'elle avait perdu, presque délibérément, et qu'elle n'avait pu supporter de savoir perdu. Il était loin, à présent. Néanmoins, ce prénom restait insupportable pour elle; elle qui était censée tout avoir. Une énorme fortune, deux maisons superbes, du charme, dix amants et un goût bizarre de la vie.

– Laisse Bruno tranquille, veux-tu...

– Oh pardon? Les tabous!... Je t'énerve?

Elle tourna vers lui un visage si doux, si désarmé qu'il prit peur. Mais trop tard.

– Tu m'as énervée? Oui. Je suis «énervée». Je ne veux plus te voir, Kurt.

Il se mit à rire. Il était un peu lent, Kurt.

– Tu veux dire que tu me congédies? Comme ton maître d'hôtel?

– Non. Je tiens beaucoup à mon maître d'hôtel.

Ils se fixèrent une seconde et il leva la main pour la frapper. Mais déjà elle était debout, elle dansait avec un autre et il regarda un long moment
38 sa main inutile avant de balayer les deux verres et
39 de partir.

Ein eleganter Tod

Sie hatte allmählich genug davon, von dem Lokal und auch von ihrem Geliebten. Dabei waren sowohl das Lokal als auch der Geliebte der letzte Schrei. Der «Sniff Club» und Kurt, der schöne Kurt. Nur war sie an diesem Abend die gutaussehenden Männer und die Bars leid, so sehr sie sie sonst auch liebte. Nach dreißig Jahren genügen einem gewisse Alltäglichkeiten nicht mehr unbedingt, vor allem, wenn sie ein bißchen zu laut sind wie das «Sniff» oder ein bißchen zu streitsüchtig wie Kurt. Sie gähnte also, und er starrte sie an.

«Denkst du an Bruno?»

Bruno durfte man nicht erwähnen. Bruno war ihr erster Mann, der einzige, die Wunde. Den sie verloren hatte, fast absichtlich, und sie konnte den Gedanken, daß sie ihn verloren hatte, nicht ertragen. Jetzt war er weit weg. Dennoch war ihr der Vorname immer noch unerträglich. Dabei galt sie doch als eine Frau, die alles hatte. Ein riesiges Vermögen, zwei prächtige Häuser, Charme, zehn Geliebte und eine absonderliche Lebenslust.

«Laß Bruno aus dem Spiel, bitte...»

«Verzeihung! Tabus... Fall ich dir auf die Nerven?»

Sie wandte ihm ein so sanftes, so wehrloses Gesicht zu, daß er Angst bekam. Aber es war zu spät.

«Ob du mir auf die Nerven gefallen bist? Ja. Ich bin ‹gereizt›. Ich will dich nicht mehr sehen, Kurt.»

Er fing an zu lachen. Kurt war ein wenig schwerfällig.

«Willst du damit sagen, daß du mich entläßt? Wie deinen Butler?»

«Nein. An meinem Butler hänge ich sehr.»

Sie sahen sich eine Sekunde an, und er hob die Hand, um sie zu schlagen. Aber schon war sie aufgestanden, sie tanzte mit einem anderen, und er blickte einen Augenblick auf seine unnütze Hand, ehe er die beiden Gläser vom Tisch fegte und wegging.

Des amis la recueillirent à leur table. Bien plus tard, elle dansait encore. A l'aube, elle sortit la dernière de la boîte de nuit. C'était une aube fraîche et bleutée comme toutes celles de ce printemps. Sa voiture attendait devant la porte, ce beau monstre surveillé par un enfant endormi, le petit chasseur du «Sniff», appuyé sur le capot dans son costume de groom. Elle eut honte aussitôt.

– Je vous ai fait veiller très tard, dit-elle.

– Sur cette bagnole, je passerais la journée.

Il devait avoir quinze ans ou dix-sept, mais son admiration était si visible qu'elle se mit à rire. Il lui ouvrit la portière à l'instant même où le vent se levait, un vent frais, âcre, le premier vent du printemps. Elle eut froid. Elle était trop fartiguée, il était trop tard, elle menait une vie d'imbécile. Elle regarda le petit portier; il tremblait aussi un peu dans le vent et dans son ridicule uniforme à brandebourgs. La ville semblait vide à cette heure-là.

– Vous voulez que je vous dépose quelque part?

– J'habite loin, dit-il avec regret en caressant la voiture de la main. J'habite près de Starnberg. Je prends le train.

Elle hésita un instant. Oh, après tout, un grand coup d'air sur l'autoroute. Et ce pauvre petit jeune homme endormi, épuisé. Elle lui devait bien ça.

– Montez, dit-elle. Je vais par là.

– Vous allez à votre haras?

C'est vrai, le haras, les chevaux dans le matin, les petits galops, la brume dans la forêt, Bruno... Elle n'y était pas retournée depuis Bruno.

Elle roulait déjà un peu vite dans Munich désert. L'autre semblait au comble de la joie. Il jetait
40 des coups d'œil ravis, alternativement au profil de
41 sa voisine et au compteur de vitesse.

Freunde nahmen sie mit an ihren Tisch. Sehr viel später tanzte sie immer noch. Im Morgengrauen verließ sie als letzte die Bar. Es war ein frischer, leicht bläulicher Morgen wie alle in diesem Frühjahr. Ihr Wagen wartete vor der Tür, dieses schöne Ungeheuer, bewacht von einem schlafenden Kind, dem kleinen Pagen vom «Sniff» in seiner Pagenuniform, der sich gegen die Motorhaube lehnte. Sie schämte sich sofort.

«Sie haben meinetwegen sehr lange aufbleiben müssen», sagte sie.

«Auf diesem Schlitten könnte ich ewig bleiben.»

Er mußte fünfzehn oder siebzehn Jahre alt sein, aber seine Bewunderung war so sichtbar, daß sie zu lachen anfing. Er öffnete ihr in eben dem Augenblick die Tür, als sich der Wind erhob, ein frischer, scharfer Wind, der erste Frühlingswind. Sie fror. Sie war zu müde, es war zu spät, sie führte ein törichtes Leben. Sie sah den Pagen an; er zitterte auch ein wenig in dem Wind und in seiner lächerlichen Operettenuniform. Die Stadt schien leer zu sein um diese Zeit.

«Soll ich Sie irgendwo absetzen?»

«Ich wohne weit weg», sagte er bedauernd, während er den Wagen streichelte. «Ich wohne in der Nähe von Starnberg. Ich fahre mit dem Zug.»

Sie zögerte einen Augenblick. Immerhin, man könnte Luft schnappen auf der Autobahn. Und der arme Kleine war müde und erschöpft. Sie war es ihm schuldig.

«Steigen Sie ein», sagte sie. «Ich fahre da sowieso hin.»

«Fahren Sie zu Ihrem Gestüt?»

Richtig, das Gestüt, die Pferde am Morgen, die kurzen Ausritte, der Nebel im Wald, Bruno ... Sie war nicht mehr dagewesen seit Bruno.

Sie fuhr selbst für das menschenleere München ein wenig zu schnell. Ihr Beifahrer schien glückselig zu sein. Er blickte hingerissen abwechselnd auf ihr Profil und den Tachometer.

– C'est à côté de chez moi, dit-il. Moi, je n'aime que ça: les voitures et les chevaux... Je voulais être jockey, mais je suis déjà trop grand... Alors, je range les voitures à la boîte. A combien vous pouvez monter?

Ils s'engageaient sur l'autoroute et elle aurait voulu rouler doucement dans sa fatigue, mais quelque chose dans la voix de son petit voisin ne lui en laissait pas le choix . Elle apuya sur l'accélérateur et la Maserati bondit, siffla, se mit à geindre puis à ronronner vers les 200 km/h.

– On est à deux cents, dit-elle, ça vous va?

Il se mit à rire. Il était vraiment vilain avec cet uniforme de clown et ses grandes mains d'âge ingrat qui en dépassaient. Ils devaient avoir un drôle d'air tous les deux dans la voiture; elle avec sa robe du soir, lui déguisé. Elle tendit la main, mit la radio. C'était une belle musique qui glissait comme l'autoroute sous ses roues ou se mettait à battre comme le vent à ses tempes.

– Et vous y allez tous les matins à votre haras?

Elle n'osait pas lui dire qu'elle n'y avait pas été depuis Bruno. Depuis deux ans, à peu près. Que devait penser Jimmy, le vieil entraîneur, celui qui l'avait mise à cheval enfant; celui qui se bornait à lui envoyer les comptes à présent et des petits mots maladroits et mélancoliques?... Elle eut tout à coup envie de le revoir. C'était tout près maintenant. A vingt kilomètres de Starnberg... Elle se tourna vers le petit, à son côté, impulsivement:

– Vous voulez venir au haras avec moi? On vous montrera un galop, à l'entraînement...

– Oh, si ça ne vous ennuie pas, dit-il, vraiment...
42 Ah, ça c'est une nuit!...

43 «Eh bien, pensa-t-elle, en voilà un d'heureux. Je

«Das ist gleich nebenan bei uns», sagte er. «Das habe ich am allerliebsten: Autos und Pferde. Ich wollte Jockey werden, aber ich bin zu groß... Also kümmere ich mich um die Autos der Gäste in der Bar. Was ist Ihre Höchstgeschwindigkeit?»

Sie bogen auf die Autobahn ein, und sie wäre bei ihrer Müdigkeit gern langsam gefahren, aber etwas in der Stimme ihres Beifahrers ließ ihr keine Wahl. Sie trat das Gaspedal durch, der Maserati machte einen Satz, pfiff, begann zu stöhnen und schnurrte dann mit etwa 200 Stundenkilometer.

«Wir sind bei zweihundert», sagte sie. «Gefällt's Ihnen?»

Er lachte. Er sah wirklich häßlich aus mit dieser Clownsuniform und den großen Händen eines Halberwachsenen, die aus den Ärmeln herausragten. Sie beide mußten ein komisches Bild abgeben; sie im Abendkleid, er verkleidet. Sie schaltete das Radio ein. Es war eine hübsche Musik, die dahinglitt wie die Autobahn unter den Rädern oder rhythmisch an ihre Schläfen schlug wie der Wind.

«Und Sie fahren jeden Morgen zu Ihrem Gestüt?»

Sie wagte nicht, ihm zu sagen, daß sie seit Bruno nicht mehr dagewesen war. Also seit bald zwei Jahren. Was mußte Jimmy denken, der alte Stallmeister, der sie schon als Kind aufs Pferd gehoben hatte; der sich jetzt darauf beschränkte, ihr die Abrechnungen zu schicken mit ein paar unbeholfenen und melancholischen Begleitworten. Sie hatte plötzlich Lust, ihn wiederzusehen. Es war jetzt gar nicht mehr weit. Von Starnberg noch zwanzig Kilometer... Kurz entschlossen wandte sie sich dem Kleinen zu.

«Wollen Sie mit mir zum Gestüt fahren? Man wird Ihnen beim Training einen Galopp zeigen...»

«Oh, wenn es Ihnen nicht lästig ist, ich würde schrecklich gern... Ach, ist das eine Nacht!»

Na, dachte sie, da ist einer glücklich. Ich habe es nicht

n'ai pas su rendre grand monde heureux, même Bruno que j'aimais, ni même Kurt que je n'aimais pas, ni les autres. Mais celui-là, il est heureux. Même pour trois heures; c'est déjà ça.»

Ils contournèrent donc le lac, entrèrent dans une légère brume et arrivèrent au haras. Le premier à leur ouvrir le portail fut Jimmy et elle vit son regard effaré. Elle, en robe longue, le petit portier en brandebourgs; à six heures du matin. Elle sortit de la voiture, tomba dans ses bras. Il avait une de ces figures creuses et débonnaires que n'ont que les gens de cheval, une vieille veste de tweed qu'elle reconnaissait et une odeur de pipe délicieuse après toutes les cigarettes de la nuit; étrangement.

– Madame Laura, disait-il, en lui tapotant les épaules, Madame Laura . . . Enfin . . .

– C'est vous, Jimmy . . . Ah, voici . . . euh . . .

– Gunther, dit le portier. Gunther Braun.

Il saluait, l'air ébloui. Des chevaux piaffaient dans les stalles, les hommes remuaient du foin.

– Venez prendre un café, dit Jimmy et il les tira dans le petit bureau familier.

Au mur, il y avait une photo de Laura et de Bruno, à cheval, et puis une de Laura riant, appuyée au dos de Bruno et elle reconnut la nuque blonde aussitôt et elle détourna les yeux. Et Jimmy en fit autant.

– Ça marche bien, l'écurie, en ce moment?

– Vous avez dû avoir mes rapports. Ça marche rudement bien! Athos a encore fait deuxième à Paris, la semaine dernière, et . . .

Mais elle ne l'écoutait pas. Elle ne pouvait lui dire qu'elle n'avait pas lu ses rapports depuis deux
44 ans, qu'elle traînait, avec de pauvres gens aussi
45 riches qu'elle, du Mexique à Capri en passant par

verstanden, viele Leute glücklich zu machen, weder Bruno, den ich liebte, noch Kurt, den ich nicht liebte, noch die anderen. Aber der hier ist glücklich. Und wenn es auch nur drei Stunden sind; das ist wenigstens etwas.

Sie fuhren also um den See herum, gerieten in leichten Nebel und kamen zum Gestüt. Der erste, der kam, ihnen das Tor zu öffnen, war Jimmy, und sie sah seinen bestürzten Blick. Sie im langen Kleid und der Kleine in Pagenuniform; um sechs Uhr morgens. Sie stieg aus und fiel Jimmy um den Hals. Er hatte so ein mageres und freundliches Gesicht, wie es nur Reiter haben, trug eine alte Tweedjacke, die sie wiedererkannte, und roch nach Pfeifentabak, köstlich nach all den Zigaretten der Nacht; seltsam.

«Madame Laura», sagte er und klopfte ihr auf die Schulter. Madame Laura, endlich ...»

«Wie schön, daß Sie da sind, Jimmy... Und hier ... ach!»

«Günther», sagte der Page. «Günther Braun.»

Er begrüßte Jimmy, ganz verzückt. In den Boxen stampften die Pferde, Männer füllten Heu in die Raufen.

«Kommen Sie mit, einen Kaffee trinken», sagte Jimmy und zog die beiden in das kleine, vertraute Büro. An der Wand hing eine Photographie von Laura und Bruno zu Pferde und eine weitere, auf der sich Laura lachend an Brunos Rücken lehnte, und sie erkannte den blonden Nacken sofort und wandte den Blick ab. Und Jimmy tat es ihr gleich.

«Geht im Augenblick alles gut mit dem Rennstall?»

«Sie müssen doch meine Berichte bekommen haben. Es geht außerordentlich gut. Athos hat vorige Woche noch einen zweiten Platz in Paris gemacht, und ...»

Aber sie hörte nicht zu. Sie konnte ihm nicht sagen, daß sie seit zwei Jahren seine Berichte nicht gelesen hatte, daß sie mit armen Leuten, die ebenso reich waren wie sie, überall herumzog, von Mexiko über die Bahamas nach

les Bahamas. Pour rien. Pour oublier Bruno. Et elle y parvenait à présent, c'était bien ça le pire.

– Vous allez venir voir un galop, disait Jimmy. Il y a là un poulain...! Un fils de Marik... Superbe Devil.

– Dans cette tenue?

Elle montrait sa robe du soir, elle ne riait plus; elle tombait de sommeil... La photo de Bruno et d'elle l'agaçait.

– Un galop? Un vrai galop?

Allons bon... Le petit portier était réveillé et ses yeux brillaient d'envie. Quelle soirée!...

– Vous avez toujours vos affaires là-haut, dit Jimmy. Votre culotte de cheval et vos bottes... Pour aller voir un galop, même dans la boue, ça suffit.

Ils avaient tous les deux un regard implorant. L'un soixante ans, l'autre dix-sept, mais ce même regard enfantin qui l'avait toujours coincée chez les hommes...

Bon; après tout, elle se changeait, elle voyait le galop et elle rentrait. Très bien. Seulement dans la pièce du haut, en tirant sur ses bottes, elle dut s'arrêter une seconde le cœur battant, épuisée, au bord de la nausée... Décidément, elle buvait trop ces temps-ci...

Ils prirent la vieille jeep de Jimmy et se rendirent au rendez-vous. Les chevaux hennissaient déjà, la croupe fumante, sur un fond vert-gris d'arbres à demi frappés par le printemps. Et la longue piste de trois kilomètres, en terre battue, s'allongeait devant eux. Elle se rappelait tout à présent: l'excitation avant de monter en selle, le départ tous ensemble, le bruit assourdissant du galop et le
46 choc implacable des bottes, de voisin à voisin...
47 Et la terre qui vous volait au visage et la peur et

Capri. Für nichts und wieder nichts. Um Bruno zu vergessen. Und jetzt gelang es ihr, das war das allerschlimmste.

«Sie werden gleich einen Galopp sehen», sagte Jimmy. «Wir haben da ein junges Rennpferd ...! Ein Sohn von Marik ... Ein Prachtkerl, Devil.»

«In dieser Aufmachung?»

Sie deutete auf ihr Abendkleid, sie lachte nicht mehr; sie war zum Umfallen müde ... Die Photographie von Bruno und ihr machte sie nervös.

«Ein Galopp? Ein richtiger Galopp?»

Na schön ... Der kleine Page war aufgewacht, und seine Augen blitzten begehrlich. Was für eine Nacht!

«Sie haben Ihre Sachen ja noch oben», sagte Jimmy. «Ihre Reithose und die Stiefel ... Um sich einen Galopp anzusehen, reicht das, selbst im Dreck.»

Die beiden sahen sie flehend an. Der eine war sechzig, der andere siebzehn, aber beide hatten denselben kindlichen Blick, der sie bei Männern immer ganz wehrlos machte ... Na gut; schließlich konnte sie sich auch umziehen, sich den Galopp ansehen und dann nach Hause fahren. Sehr schön. Nur als sie in dem Zimmer oben war und sich die Stiefel anzog, mußte sie eine Sekunde innehalten, so klopfte ihr Herz; sie war erschöpft, und ihr wurde fast übel ... Sie hatte in letzter Zeit wirklich zu viel getrunken ...

Sie fuhren mit Jimmys altem Jeep zum Treffpunkt. Die Pferde wieherten, die Kruppen dampften vor dem graugrünen Hintergrund der schon frühlingshaft gefärbten Bäume. Und der drei Kilometer lange gebahnte Reitweg lag vor ihnen. Sie erinnerte sich jetzt: die Erregung, ehe man sich in den Sattel schwang, der Start von allen zusammen, das betäubende Geräusch des Galopps und das unsanfte Zusammenstoßen von Stiefeln von einem Nachbarn zum anderen ... Und die Erde, die einem ins Gesicht flog, und die Angst und der Spaß ... Das hatte

l'amusement... Elle faisait ça avec Bruno, c'est vrai, il n'y a pas si longtemps.

– J'ai une surprise pour vous, dit Jimmy. Le voilà. Descends, petit.

Un superbe cheval se tenait devant elle, tout noir, et elle le reconnut aussitôt. C'était lui le fils de Marik; Devil. Il la regardait et tous les petits lads la regardaient et Jimmy et le portier la regardaient.

– Je veux que vous l'essayiez, dit Jimmy. Comme dans le bon vieux temps.

Elle avait peur, horriblement peur. Ils n'en savaient rien, eux, des nuits passées à boire, des bêtises de toutes sortes, ils n'en savaient rien de cette fatigue de l'aube ni de ce tremblement dans ses mains, dans ses os. Ce n'était pas juste. Elle murmura:

– Je n'ai pas monté depuis deux ans, Jimmy.

– Eh bien, Devil vous remettra en selle.

Il riait. Ah, les hommes, parfois, avec leur force physique, leur équilibre... Mais ils avaient aussi ce regard... L'admiration, déjà éperdue, chez le petit portier; la confiance inaltérable chez Jimmy. Elle fit un pas vers Devil, mit la main sur l'encolure et elle le sentit frémir commes s'il y avait déjà un pacte entre eux. Jimmy tendit les deux mains et elle se retrouva en selle. Son cœur battait trop fort, lui rendait presque inaudibles les mots de Jimmy:

– Bien en face... Bon... Partez...

Et les chevaux partirent, enfin libérés, dans le vent du matin. Elle sut tout de suite que cela allait mal finir, gagna cent mètres, puis deux cents, reçut de la terre au visage, fut presque reconnaissante à la terre de cet ultime adieu et enfin s'évanouit dans un bruit d'apocalypse, glissa doucement de la selle et prit le sabot de Devil en plein front.

sie mit Bruno gemacht, richtig, es war noch gar nicht so lange her.

«Ich habe eine Überraschung für Sie», sagte Jimmy. «Da ist er. Steig aus, Kleiner.»

Ein prachtvolles Pferd stand vor ihr, ganz schwarz, und sie erkannte es sofort. Das war er, der Sohn von Marik: Devil. Er sah sie an, und all die kleinen Reitknechte sahen sie an, und Jimmy und der Page sahen sie an.

«Ich möchte, daß Sie ihn ausprobieren», sagte Jimmy. «Wie in der guten alten Zeit.»

Sie hatte Angst, entsetzliche Angst. Die anderen wußten nichts von den mit Trinken verbrachten Nächten, von allen möglichen Dummheiten, sie wußten nichts von dieser Müdigkeit am frühen Morgen und nichts von dem Zittern ihrer Hände und in ihren Knochen. Es war nicht richtig. Sie murmelte:

«Ich bin seit zwei Jahren nicht geritten, Jimmy.»

«Na, Devil wird Sie schon wieder sattelfest machen.»

Er lachte. Ach, diese Männer manchmal mit ihrer körperlichen Kraft, ihrem Gleichmut ... Aber sie hatten auch diesen Blick an sich. Diese bereits schwärmerische Bewunderung des kleinen Pagen; das unwandelbare Vertrauen von Jimmy. Sie machte einen Schritt auf Devil zu, legte ihm die Hand auf den Hals und spürte, wie er zitterte, als ob es bereits einen Pakt zwischen ihnen gäbe. Jimmy legte beide Hände zusammen, und sie fand sich im Sattel wieder. Ihr Herz schlug zu schnell, machte Jimmys Worte beinahe unhörbar für sie:

«Ganz ruhig ... Gut ... Los ...»

Und die Pferde sprengten, endlich befreit, im Morgenwind davon. Sie wußte gleich, daß es schlecht enden würde sie legte hundert Meter zurück, zweihundert, Erde spritzte ihr ins Gesicht, und sie war der Erde fast dankbar für dieses letzte Lebewohl; schließlich wurde sie im Donner der Apokalypse ohnmächtig. Sanft glitt sie aus dem Sattel, und Devils Huf traf sie mitten auf der Stirn.

La partie de pêche

Ce printemps-là, nous étions en Normandie, dans ma somptueuse demeure, d'autant plus somptueuse qu'après deux ans d'inondations, nous en avions fait réparer la toiture. L'absence subite de cuvettes sous les poutres, l'absence de gouttes d'eau glacée sur nos doux visages endormis la nuit, l'absence de moquette spongieuse sous nos pieds, nous grisa. Nous décidâmes de faire repeindre les volets qui, de roux, étaient devenus marron sale, puis gris-marron, puis qui, désespérés, s'étaient mis à pendre, de biais, aux fenêtres, comme des bannières. Cette décision fastueuse eut des conséquences psychologiques et sportives incalculables.

Les voici:

Il n'était naturellement pas question de demander à un honnête peintre du pays de venir gaiement, avec son équipe sifflotante, repeindre en deux jours cette douzaine de pauvres volets. Non. L'amie d'un ami à nous (quand je dis «nous» je parle des habitués de cette maison qui constituent un club extrêmement fermé – entre autres à l'esprit pratique), l'amie d'un ami à nous, donc, connaissait un peintre yougoslave extrêmement intelligent, très doué, et qui faisait «ça» pour gagner sa vie en France, après mille vicissitudes politiques qui n'ont pas place ici. Bref c'était à la fois une solution économique – car tout le monde sait que les gens du pays en «profitent» – et morale puisque Yasko – c'était son nom – était un peu à la traîne en ce moment. Vive Yasko. Il viendrait donc avec un ami à lui qui peignait aussi et sa jeune femme qui autrement se serait ennuyée à Paris. Ils arrivèrent tous les trois et se révélèrent charmants, bavards, épris de télévision: de délicieux

Die Angelpartie

In jenem Frühjahr waren wir in der Normandie in meinem prächtigen Haus, das um so prächtiger war, als wir nach zwei Jahren der Wasserkatastrophen das Dach hatten reparieren lassen. Es gab plötzlich keine Schüsseln mehr unter den Balken, keine eiskalten Wassertropfen des Nachts auf sanft schlafende Gesichter, keinen klitschnassen Teppichboden mehr unter den Füßen, und das berauschte uns. Wir beschlossen, die ursprünglich roten Fensterläden neu streichen zu lassen, die schmutzigbraun geworden waren, dann grau-(kastanien)-braun und zu guter Letzt vor Verzweiflung schief an den Fenstern hingen wie Fahnen. Dieser prunksüchtige Entschluß hatte unabsehbare psychische und sportliche Folgen.

Nämlich:

Es kam natürlich nicht in Frage, einen ehrbaren ortsansässigen Maler aufzufordern, fröhlich mit seiner pfeifenden Belegschaft anzumarschieren und in zwei Tagen dieses Dutzend armseliger Fensterläden zu streichen. Nein. Die Freundin eines unserer Freunde (wenn ich «unserer» sage, dann meine ich die Stammgäste in diesem Haus, die eine außerordentlich geschlossene Gesellschaft bilden – unter anderem sehr praktisch denkend), also die Freundin eines unserer Freunde kannte einen jugoslawischen Maler, außerordentlich intelligent, sehr begabt, der «damit» seinen Lebensunterhalt in Frankreich verdiente nach allen möglichen politischen Wechselfällen, die hier keine Rolle spielen. Kurz, es war eine sparsame Lösung – denn jeder weiß, daß die ortsansässigen Handwerker einen «ausnehmen» – und auch eine ethische, denn Jesko – so hieß er – war im Augenblick etwas knapp bei Kasse. Es lebe Jesko. Er sollte also mit einem Freund, der auch malte, und seiner jungen Frau kommen, die sich sonst in Paris langweilen würde. Sie kamen alle drei und erwiesen sich als charmant, redselig und fernsehversessen: reizende Gäste.

invités. Les volets devenaient peu à peu superbes, sans trop de hâte.

J'ignore pourquoi, un jour fatal, la conversation, après trois semaines d'intellectualité soutenue, s'engagea sur la pêche. Yasko était un pêcheur et il gardait de ses pêches yougoslaves un souvenir mirifique. Pour ma part, ayant pêché trois gardons dans la rivière de ma grand-mère à dix ans et, par un hasard extravagant, une dorade dans la baie de Saint-Tropez, une nuit d'alcool, je babillais gaiement sur la pêche au lancer, à la mouche, que sais-je? Nous nous montâmes, nous nous montâmes; Frank Bernard, écrivain et ami, qui est généralement porté sur Benjamin Constant ou Sartre dans ses propos, se découvrit subitement une truite dans son passé de lycéen. Bref, dès le lendemain nous étions dans un magasin d'articles de pêche, discutant asticots, hameçons, plombs et cannes avec le plus grand sérieux. Au coin du feu, nous inspectâmes tous les trois le calendrier des marées. D'après Yasko, il fallait attaquer le poisson tout à la fin de la marée montante. Il y en avait une à une heure totalement indue pour nous, et une autre à onze heures trente du matin. Nous fixâmes notre choix sur celle-ci et à minuit, exceptionnellement, nous étions tous au lit, rêvant de poissons.

Nous avions complètement oublié, bien entendu, que la Normandie est une région saine, tranquille, où les quelques sports praticables sont le cheval, le tennis, la marche à pied sur les planches et le baccara – si l'on a le cœur solide. Si personne de nos connaissances ne pêchait, c'était pour une raison. Et si seuls les pêcheurs patentés, ceux qui ont des bateaux, s'occupaient des poissons
52 activement, c'était qu'il y avait aussi une raison.
53 On ne réfléchit jamais assez. En fait, je voulais

Die Fensterläden wurden nach und nach prächtig, ohne allzuviel Hetze.

Ich weiß nicht, warum sich eines verhängnisvollen Tages das Gespräch nach drei Wochen anhaltender Intellektualität dem Angeln zuwandte. Jesko war Angler, und das Angeln in Jugoslawien hatte er noch in wunderbarer Erinnerung. Ich, die ich mit zehn Jahren im Bach meiner Großmutter drei Plötzen gefangen hatte und durch einen närrischen Zufall in einer versoffenen Nacht in der Bucht von Saint-Tropez einen Goldbrassen, plauderte fröhlich vom Angeln mit der Spinnrolle oder mit der Fliegenrolle, was weiß ich. Wir gerieten in Fahrt, gerieten mächtig in Fahrt; Frank Bernard, Schriftsteller und Freund, der sich in seinen Reden immerzu auf Benjamin Constant oder Sartre bezieht, entdeckte plötzlich in seiner eigenen Gymnasiasten-Vergangenheit eine Forelle. Kurz, gleich am nächsten Tag gingen wir in ein Geschäft für Angelgeräte und redeten ganz ernsthaft von Köder, Angelhaken, Senkblei und Ruten. Am häuslichen Herd studierten wir alle drei den Gezeitenkalender. Laut Jesko mußte man sich ganz am Ende der Flut an den Fisch heranmachen. Die eine Flut fiel auf eine uns vollkommen ungelegene Zeit, die andere kam um halb zwölf Uhr vormittags. Für diese entschieden wir uns, und ausnahmsweise waren wir alle um Mitternacht im Bett und träumten von Fischen.

Wir hatten natürlich völlig vergessen, daß die Normandie eine gesunde, ruhige Gegend ist, wo die paar angängigen Sportarten Reiten, Tennis, Fußmärsche auf den Strandbohlen und Baccara sind – wenn man gute Nerven hat. Wenn keiner von unseren Bekannten angelte, dann hatte das sicher seinen Grund. Und wenn nur diejenigen Fischer, die Gewerbesteuer zahlen, diejenigen, die Boote haben, sich mit dem Fischen abgaben, dann hatte das auch seinen Grund. Man überlegt nie genug. In Wirklichkeit wollte ich Madame Marc imponieren, der Haus-

éblouir Madame Marc, la gardienne, que nos projets avaient fait ricaner, et Frank devait faire un léger complexe Hemingway.

Ce matin-là, donc, sous une pluie battante, nous embarquâmes nos cannes à pêche (lancer léger) et nos vers de terre dans la voiture, plus, oh! dérision, un panier pour mettre les poissons. Il y eut quelques difficultés à faire passer les cannes par les fenêtres et la voiture ressemblait vaguement à une pelote d'épingles. Frank dormait à moitié, le peintre et moi on jubilait. La plage était hostile, déserte, glacée.

Il y eut quelques difficultés, dès l'abord, pour accrocher les vers de terre aux hameçons. Frank prétendait que son foie ne supportait pas ce genre de choses et moi, je pris l'air niais et maladroit de celle qui ne sait pas accrocher convenablement les asticots. Yasko para à tout cela. Puis il leva le bras d'un air solennel et lança sa canne. Nous l'observions attentivement afin d'acquérir rapidement sa technique (j'ai déjà dit – je crois – que l'histoire de ma dorade ne m'avait laissé aucun souvenir précis). Il y eut un sifflement et l'hameçon retomba aux pieds de Frank. Yasko grommela quelque chose sur les cannes à lancer yougoslaves – bien supérieures, semble-t-il, aux françaises – et recommença son geste. Hélas, Frank, obligeamment, s'é tait penché pour ramasser l'hameçon et le geste hardi de Yasko le lui enfonça illico dans le gras du pouce. Frank poussa quelques horribles jurons. Je me précipitai, retirai l'hameçon et l'asticot de son pauvre doigt et lui fit un garrot avec mon mouchoir. Là-dessus, nous nous livrâmes cinq minutes à une pantomime endiablée: faisant voltiger les cannes au-dessus de nos têtes, essayant vainement d'envoyer ces maudites ficelles dans l'eau, rem-

verwalterin, die über unsere Pläne spöttisch gelächelt hatte, und Frank litt wohl an einem leichten Hemingway-Komplex.

An jenem Vormittag verstauten wir bei strömendem Regen unsere Angelruten (leichte Spinnrolle) und unsere Regenwürmer im Auto und – welcher Hohn! – einen Korb für die Fische. Es erwies sich als einigermaßen schwierig, die Angelruten durch die Fenster hineinzubringen, und der Wagen hatte eine entfernte Ähnlichkeit mit einem Nadelkissen. Frank schlief halb, und der Maler und ich frohlockten. Der Strand war feindselig, verlassen, eiskalt.

Gleich von Anfang an war es nicht einfach, die Regenwürmer auf die Haken zu bekommen. Frank behauptete, seine Leber ertrage derlei Dinge nicht, und ich stellte mich töricht und ungeschickt an wie jemand, der nicht ordentlich den Köder befestigen kann. Jesko wurde mit alledem fertig. Dann hob er mit feierlicher Miene den Arm und warf seine Angelrute aus. Wir beobachteten ihn aufmerksam, um rasch seine Technik zu übernehmen (ich habe, glaube ich, schon gesagt, daß ich mich an die Geschichte meines Goldbrassen nicht sehr genau erinnerte). Man hörte ein Sausen, und der Angelhaken landete vor Franks Füßen. Jesko murmelte etwas von jugoslawischen Angelruten – den französischen, wie es schien, weit überlegen – und begann von neuem. Leider hatte sich Frank entgegenkommend gebückt, um den Angelhaken aufzuheben, der sich ihm durch Jeskos kräftigen Ruck sofort in den Daumen bohrte. Frank stieß einige entsetzliche Flüche aus. Ich stürzte zu ihm, zog Haken und Wurm aus seinem armen Finger und machte ihm mit meinem Taschentuch einen Wundverband. Dann gaben wir uns fünf Minuten einer teuflischen Pantomime hin: Wir ließen die Angelruten über unseren Köpfen schwirren und versuchten vergeblich, diese verfluchten Leinen ins Wasser zu bekommen, die wir mit rasender Geschwindigkeit wieder

bobinant à une vitesse folle pour procéder à un nouvel essai, trois fous en somme.

Je dois ajouter que nous nous étions déchaussés pour cet exercice et qu'ayant retroussé soigneusement nos pantalons, nous avions fait un petit tas de nos chaussures, chaussettes, montres même, à quelques pas derrière nous. Confiants dans les horaires de la marée, n'imaginant pas encore les traîtrises de la Manche, nous pateaugions donc gaiement, sans arrière-pensée. C'est Frank qui s'aperçut du drame le premier: sa chaussure droite le doubla, si je puis dire, et gagna la mer. Il courut après, toujours en jurant, pendant que sa chaussure gauche, accompagnée des chaussettes de Yasko, passait la crête des vagues. Il y eut un moment de panique indescriptible: nous lâchâmes nos lignes illico pour courir après nos effets. Elles en profitèrent pour se confier aux flots, à leur tour. Et les asticots, privés de maîtres, flottèrent impunément dix bonnes minutes, ce qui leur suffit pour disparaître. Nous avions perdu une chaussure, deux chaussettes, une paire de lunettes, un paquet de cigarettes et l'une des cannes. Les deux autres étaient définitivement embrouillées. Il pleuvait de plus belle. Il y avait exactement vingt-cinq minutes que nous avions débarqué, triomphants, sur cette même plage, qui nous voyait à présent trempés, hagards, blessés et déchaussés. Yasko, sous notre regard, se troublait. Il essayait de débrouiller sa ligne. Frank s'était assis à l'écart, silencieux, méprisant. De temps en temps, il suçait son pouce ou mettait son pied sans chaussure entre ses deux mains pour le réchauffer... J'essayais de récupérer les quelques asticots survivants. J'avais froid.

– Je crois que ça suffit comme ça, dit Frank tout à coup.

aufwickelten, um einen neuen Versuch zu unternehmen, kurz drei Irre.

Ich muß hinzufügen, daß wir zu diesem Unterfangen die Schuhe ausgezogen und die Hosenbeine vorsorglich hochgekrempelt hatten; unsere Schuhe, Socken und sogar Armbanduhren lagen säuberlich auf einem Häufchen ein paar Schritte hinter uns. Da wir dem Gezeitenplan vertrauten und uns die Tücken des Ärmelkanals noch nicht vorstellen konnten, planschten wir ohne Hintergedanken fröhlich herum. Frank wurde als erster des Dramas gewahr: sein rechter Schuh überholte ihn, wenn man es so ausdrücken kann, und suchte das Weite. Er rannte hinterher, immer noch fluchend, während sein linker Schuh, begleitet von Jeskos Socken, auf einem Wellenkamm davonschwamm. Es gab einen Augenblick unbeschreiblicher Panik: wir ließen sofort unsere Leinen los, um hinter unseren Sachen herzurennen. Sie machten es sich zunutze, um sich ihrerseits den Fluten zu überlassen. Und die Regenwürmer, herrenlos, trieben ungestraft gute zehn Minuten im Wasser, was ihnen genügte, um zu verschwinden.

Wir hatten einen Schuh, zwei Socken, eine Brille, ein Päckchen Zigaretten und eine Angelrute verloren. Die beiden anderen waren endgültig verheddert. Es regnete immer heftiger. Vor genau fünfundzwanzig Minuten waren wir siegessicher an eben diesem Strand ausgestiegen, der uns jetzt durchweicht, verstört, verletzt und schuhlos sah. Unter unserem Blick wurde Jesko verlegen. Er versuchte, seine Leine zu entwirren. Frank hatte sich etwas abseits hingesetzt, schweigend, geringschätzig. Von Zeit zu Zeit lutschte er an seinem Daumen oder nahm seinen schuhlosen Fuß zwischen beide Hände, um ihn zu wärmen ... Ich versuchte, die paar überlebenden Regenwürmer wieder einzufangen. Ich fror.

Mit einem Mal sagte Frank: «Ich finde, daß es jetzt reicht.».

Il se leva et, avec une dignité d'autant plus méritoire qu'il boitillait, il se dirigea vers la voiture où il se laissa choir. Je le suivis. Yasko ramassa les deux lignes, tout en se livrant à un commentaire inutile et confus sur les mérites des rivages yougoslaves pour ce qui est de la pêche et de la Méditerranée pour ce qui est des marées. La voiture sentait le chien mouillé. La gardienne ne fit aucun commentaire, ce qui indique assez les ravages de cette expédition sur nos physionomies habituellement enjouées.

Depuis, je n'ai plus été à la pêche en Normandie. Yasko a fini de peindre les volets puis il a disparu. Frank s'est acheté une paire de chaussures neuves. Nous ne serons jamais des sportifs.

Er stand auf, und würdevoll, was um so beachtlicher war, als er leicht hinkte, ging er zum Auto, in das er sich fallen ließ. Ich folgte ihm. Jesko nahm die beiden Angelruten und gab überflüssige und verworrene Erklärungen ab über die Vorzüge der jugoslawischen Küsten, was das Angeln betrifft, und des Mittelmeers, was die Gezeiten betrifft. Der Wagen roch nach nassem Hund. Die Hausverwalterin gab keinerlei Kommentar ab, ein ausreichender Hinweis darauf, welche Verheerungen diese Expedition auf unseren gewöhnlich heiteren Gesichtern angerichtet hatte.

Seitdem habe ich in der Normandie nicht mehr geangelt. Jesko hat die Fensterläden fertiggestrichen, dann ist er verschwunden. Frank hat sich ein neues Paar Schuhe gekauft. Wir werden niemals sportlich sein.

Le Mistral – pas le vent, le train – transperçait la campagne. Assise près d'une de ces fenêtres qui ressemblait tellement à un hublot tant ce train était fermé, bloqué et presque cadenassé, Lady Garett se répétait une fois de plus, à trente-cinq ans, qu'elle eût bien aimé vivre dans une de ces humbles ou somptueuses bicoques qui bordent la Seine avant Melun. Raisonnement logique puisqu'elle avait eu une vie agitée; et que toute vie agitée rêve de calme, d'enfance et de rhododendrons aussi bien que toute vie calme rêve de vodka, de flonflons et de perversité.

Lady Garett avait fait «carrière», comme on dit, dans maintes chroniques et dans maintes histoires sentimentales. Ce jour-là, tout en admirant le côté paresseux de la Seine, elle se plaisait à préparer les phrases qu'elle dirait à son amant, Charles Durieux, commissaire-priseur à Lyon, dès son arrivée: «Mon cher Charles, ce fut une aventure délicieuse, exotique pour moi, même, à force d'insignifiance, mais il faut le reconnaître, nous n'étions pas faits l'un pour l'autre...» Et là, Charles, le cher Charles rougirait, balbutierait; elle tendrait une main souveraine dans le bar du Royal Hôtel – main qu'il ne pourrait rien faire d'autre que de baiser – et elle disparaîtrait, laissant derrière elle des ondes de regards, des relents de parfums, des lento, des souvenirs... Pauvre Charles, cher Charles si dévoué sous sa petite barbiche... Bel homme, au demeurant, viril, mais enfin quoi, un commissaire-priseur lyonnais! Il aurait dû se rendre compte lui-même que cela ne pouvait durer. Qu'elle, Letitia Garett, née Eastwood, ayant épousé successivement un acteur, un Aga, un fer-

Das linke Augenlid

Der Mistral – nicht der Wind, sondern der Zug – schoß durch die Landschaft. An einem dieser Fenster, die geradezu wie Bullaugen wirkten, so sehr war der Zug verschlossen, versperrt und gleichsam mit einem Vorhängeschloß versehen, saß Lady Garett und stellte, mit fünfunddreißig Jahren, wieder einmal fest, daß sie sehr gern in einer dieser bescheidenen oder prächtigen Hütten leben würde, die vor Melun das Seine-Ufer säumen. Eine logische Überlegung, denn sie hatte ein bewegtes Leben hinter sich; und jedes bewegte Leben träumt von Ruhe, der Kindheit und Rhododendron, genau wie jedes ruhige Leben von Wodka, Bumsmusik und Lasterhaftigkeit träumt.

In so mancher Skandalchronik und so mancher Herzensgeschichte hatte Lady Garett, wie man so sagt, «Karriere» gemacht. An jenem Tag bewunderte sie das friedliche Seine-Ufer und amüsierte sich gleichzeitig damit, sich die Sätze zurechtzulegen, die sie ihrem Geliebten Charles Durieux, Auktionator in Lyon, nach ihrer Ankunft sagen wollte: «Mein lieber Charles, es war ein köstliches Abenteuer, für mich sogar ungewöhnlich durch seine Bedeutungslosigkeit, aber wir müssen einsehen, daß wir beide nicht zusammenpassen ...» Und dann würde Charles, der liebe Charles, erröten und stammeln; sie würde in der Bar des Royal Hotel mit souveräner Geste die Hand ausstrekken – die zu küssen er nicht umhin konnte –, und sie würde verschwinden und aufgescheuchte Blicke, Düfte von Parfum, Lentos und Erinnerungen zurücklassen... Der arme Charles, der liebe Charles mit seinem kleinen Bärtchen, der ihr so ergeben war... Gut sah er übrigens aus, männlich, aber schließlich – Auktionator in Lyon! Er hätte sich selbst darüber klar sein müssen, daß das nicht von Dauer sein konnte. Daß sie, Letitia Garett, geborene Eastwood, die nacheinander einen Schauspieler, einen reichen Orientalen, einen Landwirt und einen Generaldirek-

mier et un P.-D.G., ne pouvait raisonnablement finir sa vie avec un commissaire-priseur!... Elle hocha la tête une seconde et se reprit aussitôt. Elle avait horreur, en effet, de ces mouvements machinaux qu'ont les femmes seules – ou les hommes seuls d'ailleurs – dans la vie, dans la rue, partout, pour ponctuer silencieusement leurs décisions intimes. Elle en avait trop vu de ces mouvements du menton, de ces froncements de sourcils, de ces gestes tranchants de la main qui appartiennent aux solitaires, quel que soit leur état mental, ou leur classe sociale. Elle prit son poudrier, se repoudra le nez à tout hasard, et une fois de plus intercepta le regard du jeune homme, deux tables plus loin qui, depuis le départ de la gare de Lyon, lui assurait, lui confirmait qu'elle était toujours la belle, insaisissable et tendre Letitia Garett, fraîchement divorcée de Lord Garett et chaudement entretenue par le même.

C'était drôle d'ailleurs à y penser, que tous ces hommes qui l'avaient tant aimée, qui avaient tous été si fiers d'elle et si jaloux, ne lui en aient jamais voulu à la fin de les abandonner; ils étaient toujours restés bons amis. Elle s'en faisait un orgueil, mais peut-être, au fond, avaient-ils été tous obscurément soulagés de ne plus partager ses perpétuelles incertitudes... Comme le disait Arthur O'Connolly, l'un de ses plus riches amants, «On ne pouvait pas plus quitter Letitia qu'elle ne pouvait vous quitter!» Il était riche, mais poète, cet homme. En parlant d'elle, il disait: «Letitia, c'est pour toujours le réséda, la tendresse, l'enfance», et ces trois mots avaient toujours ulcéré les femmes qui l'avaient suivie dans la vie d'Arthur.

62 Le menu était des plus copieux. Elle le feuilleta
63 d'une main distraite et arriva à une chose épou-

tor geheiratet hatte, doch billigerweise nicht ihr Leben mit einem Auktionator beschließen konnte. Sie schüttelte kurz den Kopf, dann riß sie sich gleich wieder zusammen. Sie fand diese mechanischen Bewegungen schrecklich, die Frauen an sich haben – Männer übrigens auch –, wenn sie allein sind, im Leben, auf der Straße, überall, um schweigend ihre geheimen Entschlüsse zu unterstreichen. Sie hatte das zu oft gesehen, diese Kinnbewegungen, dieses Stirnrunzeln, diese abrupten Handbewegungen, die sich Alleinstehende angewöhnt haben, wie immer ihr Geisteszustand sein mag und welcher Gesellschaftsschicht sie auch angehören. Sie nahm ihre Puderdose heraus und puderte sich auf alle Fälle die Nase und bemerkte wiederum den Blick des jungen Mannes, zwei Tische entfernt, der ihr seit der Abfahrt von der Gare de Lyon versicherte, ihr bestätigte, daß sie immer noch die schöne, unerreichbare und zärtliche Letitia Garett war, soeben von Lord Garett geschieden und weiterhin aufs wärmste von ihm unterstützt.

Wenn man es sich richtig überlegte, war es übrigens lustig, daß all diese Männer, die sie so geliebt hatten, die so stolz auf sie gewesen waren und so eifersüchtig, es ihr zuletzt nie übelgenommen hatten, daß sie sie verließ, sie waren immer gute Freunde geblieben. Sie bildete sich etwas darauf ein, aber vielleicht waren sie alle insgeheim erleichtert gewesen, nicht mehr an ihrer fortwährenden Unbeständigkeit beteiligt zu sein ... Wie Arthur O'Connolly gesagt hatte, einer ihrer reichsten Geliebten: «Man konnte Letitia ebensowenig verlassen, wie sie einen verlassen konnte!» Er war reich, aber ein Dichter, dieser Mann. Von ihr hatte er gesagt: «Letitia, das ist auf immerdar Reseda, Zärtlichkeit, die Kindheit», und diese drei Wörter hatten ihre Nachfolgerinnen in Arthurs Leben immer verbittert.

Die Speisekarte war überaus reichhaltig. Sie blätterte darin mit zerstreuter Hand und stieß auf ein entsetzliches

vantable où, dans le même brouet, traînaient apparemment des céleris rémoulade, des soles historiques et un rôti révolutionnaire, plus des pommes soufflées, des fromages à la va-vite et des bombes de carton pâte à la vanille. Etrangement, dans les trains, tous les menus avaient à présent un air mi-Oliver mi-Michelet. Elle sourit un instant en pensant qu'un jour elle verrait des soles guillotinées ou quelque chose d'aussi bête, puis jeta un coup d'œil interrogateur vers la vieille dame qui lui faisait face. Elle était visiblement une dame de l'arrivée, une Lyonnaise. Elle avait l'air doux, vaguement gêné et des plus honnêtes. Letitia lui passa le menu et aussitôt la dame hocha la tête, sourit, lui re-adressa le menu avec mille contorsions aimables et discrètes qui firent comprendre à Letitia à quel point, et malgré le temps, elle avait toujours l'air typiquement anglosaxonne. «Après vous, disait la dame, après vous...» «Mais non, je... voyons», répliquait Letitia d'une voix faible (et elle sentait son accent, dans ces cas-là, redoubler...) «Mais non. Croyez-vous que le melon est bon?» «Soit bon» lui dit automatiquement une voix intérieure, trop tard. Il y avait déjà sur les lèvres de cette femme en face un petit sourire indulgent dû à cette faute grammaticale, et elle n'eut pas le courage de se rectifier elle-même. Elle en conçut quelque humeur, puis se dit aussitôt qu'il était bien bête de sa part de s'énerver pour si peu de chose et qu'elle ferait mieux de penser à l'exorde qu'elle adresserait à Charles dans trois heures. La grammaire n'avait rien à faire dans les discours passionnels, tout au plus pouvait-on dire – d'après l'expérience assez longue qu'elle avait maintenant du français –
64 que la place des mots changeait complètement une
65 phrase. Ainsi, entre dire à un homme «Je vous

Gericht, bei dem offenbar in derselben Brühe Sellerie mit Remoulade, historische Seezungen und ein revolutionärer Braten schwammen, außerdem Pommes soufflées, x-beliebiger Käse und eine Eisbombe aus Pappmaché mit Vanillegeschmack. Seltsam, in den Zügen hatten jetzt alle Menüs einen Anflug von halb Oliver, halb Michelet. Sie lächelte einen Augenblick bei dem Gedanken, daß sie eines Tages guillotinierte Seezungen oder etwas ebenso Dummes sehen würde, dann warf sie einen fragenden Blick auf die alte Dame ihr gegenüber. Es war offenbar eine Dame, die bis zur Endstation fuhr, nach Lyon. Sie sah sanft aus, leicht verlegen und überaus ehrsam. Letitia reichte ihr die Speisekarte, und gleich schüttelte die Dame den Kopf, lächelte und gab sie ihr mit tausend liebenswürdigen und diskreten Verrenkungen zurück, die Letitia klarmachten, wie sehr sie trotz der langen Zeit immer noch typisch angelsächsisch wirkte. «Nach Ihnen», sagte die Dame, «nach Ihnen ...» – «Aber nein, ich ... nun ja», erwiderte Letitia mit schwacher Stimme (und sie spürte, wie sich in solchen Fällen ihr Akzent verstärkte). «Aber nein. Glauben Sie, die Melone sein gut?» – «Ist gut», sagte ihr automatisch eine innere Stimme, zu spät. Schon zeigte sich auf den Lippen dieser Frau ein nachsichtiges Lächeln wegen dieses grammatikalischen Schnitzers, und sie hatte nicht den Mut, sich zu korrigieren. Es machte sie ein wenig verdrossen, dann sagte sie sich gleich, daß es recht dumm von ihr sei, sich wegen einer solchen Kleinigkeit zu ärgern, sie täte besser daran, an die Einleitung ihrer Rede zu denken, die sie Charles in drei Stunden halten wollte. Die Grammatik spielte keine Rolle bei leidenschaftlichen Gesprächen, höchstens könnte man sagen – nach der ziemlich langen Erfahrung, die sie jetzt mit dem Französichen hatte –, daß die Stellung der Wörter einen Satz völlig verändern konnte. Wenn man zu einem Mann sagte: «Ich liebe dich sehr» oder «Ich habe dich sehr geliebt», dann war das etwas anderes, als

aime beaucoup» ou «Je vous ai beaucoup aimé», et dire «Je vous aimerai toujours» ou «Je vais toujours vous aimer», il y avait là des mondes passionnels, incompréhensibles et qu'elle-même avait eu le plus grand mal à résoudre, aussi bien sur le plan sentimental que sur le plan grammatical.

Ce train allait décidément à une vitesse folle. Il lui sembla qu'elle ferait une sorte de bonne action, de politesse au wagon tout entier si elle allait se remaquiller, se laver les mains, se donner un coup de peigne avant que n'arrivent le steak flambé, la sole guillotinée et la bombe dégoupillée qui allaient constituer une heure durant son destin le plus proche. Elle fit un petit sourire à la Lyonnaise et, de sa démarche si connue – mais il fallait bien le dire, dans ce train, si désorganisée –, elle se dirigea vers la porte vitrée automatique qui s'écarta illico avant de la précipiter presque involontairement dans les toilettes de gauche. Elle mit le verrou précipitamment. C'était bien ça, le progrès, la vitesse, le silence, c'était très bien! Mais vraiment il fallait des muscles d'acier, un comportement de Tyrolienne et une vue d'équilibriste pour traverser un simple compartiment entre Paris et Lyon, en 1975. Elle pensa brusquement avec envie à ces astronautes qui, sans apparemment la moindre secousse, allaient jusqu'à la lune, y descendaient, n'avaient aucun problème de vestiaire et rentraient chez eux, illico dans l'eau, illico recueillis par de joyeux marins enthousiastes. En fait de joyeux marins enthousiastes, ce qui l'attendait, elle, à l'arrivée de ce train, c'était un commissaire-priseur, jaloux, morose et ayant toutes les raisons de l'être puisque, après tout, elle faisait ce trajet rapide et heurté uniquement pour rompre.

wenn man sagte: «Ich liebe dich immer noch» oder «Immer werde ich dich lieben». Dazwischen lagen unverständliche Welten der Leidenschaft, die zu enträtseln ihr außerordentlich schwer gefallen war, sowohl unter dem Gesichtspunkt des Gefühls als auch bezüglich der Grammatik.

Der Zug fuhr wirklich mit einer verrückten Geschwindigkeit. Ihr schien es, sie würde dem ganzen Wagen gegenüber ein gutes Werk tun, Höflichkeit bekunden, wenn sie ihr Make-up in Ordnung bringen, sich die Hände waschen und sich kämmen würde, ehe das flambierte Steak, die guillotinierte Seezunge und die entsicherte Bombe kämen, die eine Stunde lang ihr unmittelbares Schicksal sein würden. Sie lächelte der Dame aus Lyon zu und begab sich mit ihrem so bekannten Gang, der aber in diesem Zug unverkennbar behindert war, zu der automatischen Glastür, die sich sofort öffnete und sie dann fast unfreiwillig zur linken Toilette führte. Sie schob rasch den Riegel vor. Das war gut, der Fortschritt, die Geschwindigkeit, die Stille, das war sehr gut. Aber man brauchte wirklich stählerne Muskeln, die Standfestigkeit einer Tirolerin und das Augenmaß eines Seiltänzers, um im Jahre 1975 ein einfaches Eisenbahnabteil zwischen Paris und Lyon zu durchschreiten.

Sie dachte plötzlich voll Neid an diese Astronauten, die, offenbar ohne irgendwo gegenzustoßen, bis zum Mond flogen, dort landeten, keine Toilettenprobleme hatten und heimkehrten, gleich ins Wasser, gleich von fröhlichen, begeisterten Matrosen empfangen. Tatsächlich von fröhlichen, begeisterten Matrosen, während sie bei der Ankunft dieses Zuges von einem Auktionator empfangen wurde, der eifersüchtig und mürrisch war und guten Grund dazu hatte, denn schließlich machte sie diese schnelle Rüttelreise einzig und allein, um mit ihm zu brechen.

C'était encore bien pire dans cet endroit aseptisé, kaki et grotesque, que dans les wagons qui au moins, avec leurs petits reps, leurs petits œillets et leur côté moderne d'ores et déjà démodé, faisaient un effort de pimpant. La cuvette était ronde et, se cramponnant d'une main à un robinet, elle essaya d'ouvrir son sac qui débordait, car on arrivait à Dijon et que, le train s'arrêtant, les freins agissaient en conséquence, son sac donc, ballotté entre deux destins, ou la suivre ou suivre le mouvement de Faraday, son sac pris entre deux mouvements contraires craqua, s'ouvrit et se répandit sur le sol. Elle se retrouva donc à quatre pattes, ramassant – tout en se heurtant la tête aux rebords de la cuvette et à d'autres –, elle se retrouva cueillant par-ci son rouge à lèvres, par-là son carnet de chèques, par-là son poudrier, par-là ses billets; et lorsqu'elle se releva, le front légèrement nimbé de sueur, le train était bien arrêté, tranquille à Dijon. Avec un peu de chance, elle disposait de deux ou de trois minutes pour tranquillement, sans se livrer à des pantomimes genre Marcel Marceau, remettre son mascara.

Bien entendu, c'était la seule boîte qui n'eût pas giclé de son sac et elle la chercha fébrilement dix secondes avant de mettre la main dessus. Elle commença par la paupière gauche. D'ailleurs, c'était son œil préféré, le gauche. Dieu sait pourquoi, tous ses amants, tous ses maris avaient toujours préféré son œil gauche à son œil droit et le lui avaient dit. «Il est, disaient-ils, plus tendre que le droit» et elle avait toujours gentiment, paisiblement admis qu'elle était meilleure à gauche qu'à droite. C'était drôle, à y penser, l'image que les gens vous renvoient de vous-même. C'était toujours un homme qui la laissait froide qui lui avait

An diesem desinfizierten khakifarbenen und grotesken Ort war es noch erheblich schlimmer als in den Abteilen, die mit den kleinen Ripsbezügen, den kleinen Ösen und ihrem modernen und schon wieder unmodernen Aussehen sich wenigstens bemühten, elegant zu sein. Das Waschbecken war rund, und während sie sich mit einer Hand an einem Hahn festhielt, versuchte sie, ihre übervolle Handtasche aufzumachen, denn der Zug fuhr in Dijon ein, und infolgedessen wurden die Bremsen betätigt; die Handtasche – zwischen zwei Bestimmungen schwankend, entweder ihr zu folgen oder der Faradayschen Bewegung, hin- und hergerissen zwischen zwei gegensätzlichen Richtungen – öffnete sich, und ihr Inhalt ergoß sich auf den Fußboden. Letitia fand sich also auf allen Vieren wieder, stieß sich dabei den Kopf am Waschbecken und anderen Vorsprüngen, sammelte hier den Lippenstift, dort das Scheckheft auf, hier die Puderdose und dort die Fahrscheine; und als sie sich wieder erhob, die Stirn leicht mit Schweiß benetzt, hielt der Zug friedlich in Dijon. Mit etwas Glück würde sie zwei oder drei Minuten Zeit haben, um in aller Ruhe, ohne sich Pantomimen à la Marcel Marceau hinzugeben, ihre Wimperntusche zu erneuern.

Natürlich war diese Dose das einzige, das nicht aus der Handtasche herausgefallen war, und sie suchte sie zehn Sekunden lang fieberhaft, ehe sie sie fand. Sie begann mit dem linken Augenlid. Im übrigen war das ihr bevorzugtes Auge, das linke. Gott weiß, warum ihre sämtlichen Geliebten, alle ihre Ehemänner immer ihr linkes Auge dem rechten vorgezogen und es ihr gesagt hatten. «Es ist», sagten sie, «zärtlicher als das rechte», und sie hatte es immer freundlich, friedlich hingenommen, daß sie links besser sei als rechts. Ulkig, wenn man es sich recht überlegte, was für ein Bild von einem selbst die Leute einem vermitteln. Es war immer ein Mann, der sie kalt ließ, der sie auf die Erhebung des Venusberges in ihrer Handfläche

signalé dans la paume de sa main la proéminence du Mont de Vénus et, donc, sa sensualité. C'était toujours un homme qui l'ennuyait qui lui avait signalé qu'elle était gaie, et, plus triste, c'était toujours un homme qu'elle aimait qui lui avait signalé qu'elle était égoïste.

Le train repartit avec un rude cahot qui la fit chanceler et du même coup se balafrer la joue de haut en bas d'une traînée noirâtre de mascara. Elle jura intérieurement en anglais, s'en voulut aussitôt. Après tout, elle allait retrouver et quitter un amant français.

A force de vagabonder partout dans le monde, Lady Garett avait pris l'habitude de réfléchir, de penser, de souffrir même, dans la langue qui était celle de ses amants. Elle rectifia donc, et là à voix haute, son juron par un juron du même sens mais purement français, replia son mascara, l'enfouit dans son sac et décida que cette Lyonnaise supporterait en face d'elle une femme avec un sourcil fait et pas l'autre. Elle se donna un léger coup de peigne et tenta de sortir.

Elle tenta mais n'y arriva pas. La porte résistait. Elle sourit, secoua le loquet, secoua la porte et dut convenir que quelque chose ne marchait pas. Cela la fit rire. Le train le plus moderne et le plus rapide de la France avait un léger défaut dans un système d'ouverture. Après six ou sept tentatives identiques, elle reconnut avec stupeur que le paysage continuait à se dérouler par le petit hublot de gauche, que son sac était fermé et bien fermé, elle-même prête à aller manger son maudit menu mais que cette porte s'interposait entre elle et ce
70 futur pourtant bien anodin.

71 Elle secoua à nouveau la porte, elle l'agita, elle

und somit auf ihre Sinnlichkeit hinwies. Es war immer ein Mann, der sie langweilte, der sie darauf hinwies, daß sie fröhlich sei; und noch betrüblicher, es war immer ein Mann, den sie liebte, der sie darauf hinwies, daß sie egoistisch sei.

Der Zug fuhr mit einem heftigen Ruck wieder an, der sie taumeln ließ und zugleich bewirkte, daß ihre Wange von oben bis unten einen Schmiß aus schwarzer Wimperntusche bekam. Sie fluchte im stillen auf englisch, dann ärgerte sie sich gleich darüber. Schließlich war sie unterwegs, um einen französischen Geliebten wiederzusehen und zu verlassen. Da sie zu viel in der Welt herumgekommen war, hatte sich Lady Garett angewöhnt, in der Sprache ihrer Liebhaber zu überlegen, zu denken und sogar zu leiden. Sie ersetzte also, und zwar laut, ihren englischen Fluch durch einen, der dasselbe bedeutete, aber rein französisch war, schraubte die Hülse ihrer Wimperntusche zu, steckte sie in die Handtasche und kam zu dem Schluß, die Dame aus Lyon ihr gegenüber würde eine Frau wohl ertragen, die ihr eines Auge geschminkt hatte, ihr anderes nicht. Sie fuhr sich mit dem Kamm leicht durchs Haar und versuchte hinauszugehen.

Sie versuchte es, doch gelang es nicht. Die Tür leistete Widersand. Sie lächelte, rüttelte am Riegel, rüttelte an der Tür und mußte zugeben, daß etwas nicht klappte. Das brachte sie zum Lachen. Frankreichs modernster und schnellster Zug wies bei einer Öffnungseinrichtung einen Mangel auf. Nach sechs oder sieben gleichartigen Versuchen stellte sie bestürzt fest, daß die Landschaft hinter dem kleinen Fenster links weiterhin vorbeizog, daß ihre Handtasche geschlossen und sogar ganz fest geschlossen und sie selbst bereit war, das verflixte Menü zu sich zu nehmen, daß sich aber diese Tür zwischen sie und die Zukunft, so unwichtig sie auch war, geschoben hatte.

Sie rüttelte von neuem an der Tür, schüttelte sie,

la frappa, une sorte de colère montait en elle, comme une lave, une colère enfantine, grotesque, une colère de claustrophobe que, pourtant, elle n'était pas. Dieu merci, elle avait toute sa vie échappé à ces manies modernes: la claustrophobie, la nymphomanie, la mythomanie, la drogamanie, et la médiocrité. Enfin du moins le pensait-elle. Mais là, brusquement, elle se retrouvait elle-même, Letitia Garett, amenée par son chauffeur jusqu'à la gare de Lyon par un beau matin de septembre, attendue à Lyon même par son amant dévoué, elle se retrouvait en train de se casser les ongles, de s'exaspérer et de tambouriner contre une porte de plastique solidifié qui ne voulait pas céder à ses vœux. Le train allait très vite à présent, et elle était tellement secouée que, le premier instant de colère passé, elle se résigna au pire, c'est-à-dire à l'attente, et, rabattant pudiquement le couvercle des toilettes, elle s'assit dessus, les genoux repliés sous elle, vierge pudique tout à coup, comme elle ne se serait jamais assise dans un salon bondé d'hommes. Le sentiment du ridicule, peut-être. Elle se vit dans la glace, s'entraperçut, plus exactement, son sac replié sur ses genoux comme une fortune, les cheveux hirsutes, un seul œil fait. A sa grande surprise, elle s'aperçut que son cœur battait fort, comme il n'avait pas battu depuis longtemps ni pour ce pauvre Charles qui l'attendait, ni pour ce pauvre Lawrence – juste avant – qui lui, Dieu merci, ne l'attendait plus. Quelqu'un allait bien venir quand même, et de l'extérieur automatiquement ouvrir la porte. Malheureusement, tous ces gens étaient en train de déjeuner et les Français ne se déplaçaient jamais à table, quoi qu'il arrive; ils étaient rivés à leurs plats, au va-et-vient des maîtres d'hôtel, à leurs petites bouteilles.

klopfte, eine Art Zorn stieg in ihr auf wie Lava, ein kindlicher Zorn, grotesk, als ob sie an Klaustrophobie litte, was sie doch gar nicht tat. Gott sei Dank war sie ihr Leben lang diesen modernen Manien entgangen: Klaustrophobie, Nymphomanie, Mythomanie, Drogensucht und Borniertheit. Immerhin glaubte sie es wenigstens. Aber jetzt plötzlich erwischte sie sich dabei, sie, Letitia Garett, die an einem schönen Septembermorgen von ihrem Chauffeur zur Gare de Lyon gebracht worden war und in Lyon von ihrem treu ergebenen Geliebten erwartet wurde, sie ertappte sich dabei, daß sie sich die Nägel abbrach, außer sich geriet und auf eine Tür aus hartem Kunststoff trommelte, die sich ihren Wünschen nicht fügen wollte. Der Zug fuhr jetzt sehr schnell, und sie wurde dermaßen durchgeschüttelt, daß sie, nachdem der erste Augenblick des Zorns vorüber war, sich mit dem Schlimmsten abfand, das heißt, mit dem Warten, den Deckel des Klosetts züchtig schloß und sich darauf setzte, die Knie angezogen, plötzlich eine schamhafte Jungfrau, wie sie in einem von Männern wimmelnden Salon niemals dagesessen hätte. Vielleicht war es das Gefühl der Lächerlichkeit. Sie sah sich im Spiegel, erblickte sich eigentlich nur undeutlich, die Handtasche auf ihrem Schoß festhaltend wie einen Schatz, die Haare struppig, nur ein Auge geschminkt. Zu ihrer großen Überraschung merkte sie, daß ihr Herz mächtig klopfte, so wie es schon lange nicht mehr geschlagen hatte, weder für den armen Charles, der sie erwartete, noch für den armen Lawrence – kurz vorher –, der sie, Gott sei Dank, nicht mehr erwartete. Sicher würde doch jemand kommen und von außen automatisch die Tür aufmachen. Leider waren alle Leute beim Mittagessen, und die Franzosen standen nie vom Tisch auf, was immer auch geschah; sie waren angeschmiedet an ihre Teller, an das Kommen und Gehen der Kellner, an ihre kleinen Flaschen. Keiner von ihnen würde es wagen, sich während dieser unerbittlichen Zeremonie, die ihr tägliches

Aucun d'eux n'oserait bouger durant cette cérémonie implacable qui était leur ronron quotidien. Elle appuya sur la pédale de la chasse d'eau deux fois, pour s'amuser, puis décida, toujours assise bêtement et dignement, qu'elle essaierait d'équilibrer son œil droit et son œil gauche. La vitesse merveilleuse du train lui permit de consacrer dix bonnes minutes à cet équilibre. A présent, elle avait soif et elle avait pratiquement faim. Elle réessaya la porte d'une main timide, mais toujours en vain. Bon, il ne fallait pas s'énerver, il fallait attendre que les gens à côté, à droite, à gauche, ou le contrôleur, ou un garçon ou quelqu'un se décide à utiliser cet endroit, et elle pourrait regagner sa place et se rasseoir en face de la dame lyonnaise et préparer tranquillement son speech pour Charles. D'ailleurs, puisqu'elle était là et qu'elle était en face de la glace, pourquoi ne pas s'entraîner? Elle fixa ses grands yeux bruns, ses beaux cheveux bruns dans le petit miroir pas tellement optimiste de la S.N.C.F., et commença:

«Charles, mon cher Charles, si je vous dis ces mots cruels aujourd'hui, c'est parce que je suis quelqu'un de trop volage, de trop inconstant, que sais-je, que j'en ai souffert toute ma vie comme j'en ai fait souffrir d'autres que vous, et que j'ai trop d'affection pour vous, Charles, pour même imaginer les scènes affreuses où nous arriverions très vite, vous et moi, si, comme vous me l'avez si tendrement demandé, j'acceptais de vous épouser.»

A gauche, par le hublot, il y avait les moissons allongées comme des quilles blondes le long des collines vertes et mordorées, et elle sentit son émotion grandir en même temps que ses paroles:

«Car enfin, Charles, vous vivez entre Paris et Lyon et moi. Et moi, entre Paris et le monde. Vos

Labsal war, von der Stelle zu rühren. Sie drückte zum Spaß zweimal den Spülhebel, dann beschloß sie, immer noch töricht und würdig dasitzend, sie wollte versuchen, ihr rechtes und ihr linkes Auge miteinander in Einklang zu bringen. Die wunderbare Geschwindigkeit des Zuges erlaubte ihr, gut zehn Minuten auf die Herstellung des Einklanges zu verwenden. Mittlerweile bekam sie Durst und hatte eigentlich auch Hunger. Mit schüchterner Hand versuchte sie es noch einmal mit der Tür, immer noch vergeblich. Na schön, sie durfte nicht nervös werden, sie mußte abwarten, daß jemand von nebenan, von rechts oder von links, oder der Schaffner oder der Kellner auf die Idee kämen, diesen Ort aufzusuchen, und dann könnte sie zu ihrem Platz zurückkehren, sich wieder der Dame aus Lyon gegenübersetzen und in aller Ruhe ihre Ansprache an Charles vorbereiten. Im übrigen, da sie ja hier saß und den Spiegel vor sich hatte, warum nicht ein bißchen üben? Sie starrte auf ihre großen braunen Augen, ihre schönen Haare in dem nicht sehr vorteilhaften Spiegel der französischen Staatsbahnen und begann:

«Charles, mein lieber Charles, wenn ich dir heute diese grausamen Worte sage, dann darum, weil ich zu flatterhaft bin, zu unbeständig, was weiß ich, mein ganzes Leben lang habe ich darunter gelittten und andere, wie auch dich, darunter leiden lassen, und ich mag dich zu gern, Charles, um mir auch vorzustellen, was für entsetzliche Szenen es bald zwischen dir und mir geben würde, wenn ich deinen so liebevollen Heiratsantrag annehmen würde.»

Links hinter dem Fenster sah sie Garben, länglich wie blonde Kegel, auf den grünen und goldkäferfarbenen Hügeln, und sie spürte, wie ihre Erregung zunahm, je länger sie sprach:

«Denn schließlich, Charles, lebst du zwischen Paris und Lyon und mir. Und ich zwischen Paris und der Welt.

escales, c'est Chambéry, les miennes, c'est New York. Nous n'avons pas le même rythme de vie. J'ai trop vécu, peut-être, Charles, dit-elle, je ne suis plus la jeune fille que vous méritez.»

Et c'était vrai que Charles méritait une jeune fille tendre et confiante comme il l'était lui-même, et naïve comme il l'était aussi. Il était vrai aussi qu'elle ne le méritait pas. Ses yeux se remplirent de larmes, tout à coup. Elle les essuya d'un mouvement brusque et, du coup, se redécouvrit assise sur ce siège ridicule, le mascara dilué et la bouche ouverte, et seule. Après une seconde d'hésitation, le rire la prit, et elle se mit à pleurer de rire, toute seule, sans pouvoir s'arrêter et sans savoir pourquoi, toujours cramponnée à l'espèce de poignée destinée aux voyageurs fatigués. Elle se faisait penser à Elisabeth II, au Parlement, ou à Victoria, où à n'importe qui de ce style, pérorant sur un fauteuil devant une foule invisible, silencieuse et consternée. Soudain, elle vit la poignée se lever, s'abaisser, se relever, se rabaisser et elle resta pétrifiée d'espoir, son sac à la main, prête à la fuite. Puis la poignée cessa de bouger et elle se rendit compte avec horreur que quelqu'un était venu, avait cru, à bon escient d'ailleurs, l'endroit occupé, et était reparti tout aussi tranquillement. Il fallait qu'elle guette à présent, et qu'elle hurle. D'ailleurs, pourquoi ne pas hurler tout de suite? Elle n'allait pas quand même passer deux heures jusqu'à Lyon dans cet endroit minable. Il y avait sûrement une solution, quelqu'un passant par là entendrait bien ses cris et, après tout, mieux valait le ridicule que l'ennui morbide auquel elle serait automatiquement livrée dans peu de temps. Alors, elle hurla, elle cria «Help!» d'abord, d'une voix un peu rauque, et puis, se rappelant bêtement qu'elle

Dein Ausflugsziel ist Chambéry, meines New York. Wir haben nicht denselben Lebensrhythmus. Ich habe vielleicht zuviel erlebt, Charles, ich bin nicht mehr das junge Mädchen, das du verdienst.»

Und das stimmte, Charles verdiente ein junges Mädchen, zärtlich und vertrauensvoll, wie er selbst war, und naiv, wie er auch war. Es stimmte ebenfalls, daß sie auch ihn nicht verdiente. Ihr traten plötzlich Tränen in die Augen. Sie wischte sie mit einer brüsken Handbewegung weg, und mit einemmal erblickte sie sich von neuem, wie sie da auf diesem lächerlichen Klo saß, die Wimperntusche verwischt und mit offenem Mund und allein. Nach einer Sekunde des Zögerns überkam sie das Lachen, und sie lachte Tränen, ganz allein, ohne aufhören zu können und ohne zu wissen, warum, immer noch an den Haltegriff geklammert, der für müde Reisende gedacht war. Sie kam sich vor wie Elisabeth II. im Parlament oder wie Königin Viktoria oder irgend jemand dieser Art, der auf einem Sessel vor einer unsichtbaren, schweigenden und betroffenen Menge lange Reden schwingt. Plötzlich sah sie, daß der Türgriff sich hob, sich senkte, sich wieder hob, sich wieder senkte, und sie saß da, starr vor Hoffnung, die Tasche in der Hand, fluchtbereit. Dann hörte der Türgriff auf, sich zu bewegen, und sie wurde sich voll Schrecken klar, daß jemand gekommen war, geglaubt hatte, übrigens mit Fug und Recht, daß das Örtchen besetzt war, und ebenso ruhig wieder gegangen war. Sie mußte jetzt aufpassen und schreien. Warum sollte sie nicht eigentlich gleich schreien? Immerhin wollte sie nicht noch die zwei Stunden bis Lyon auf diesem elenden Örtchen bleiben. Gewiß würde es eine Lösung geben, jemand, der vorbeikam, würde ihr Schreien hören, und schließlich war Lächerlichkeit besser als die krankhafte Langeweile, der sie in kurzer Zeit automatisch ausgeliefert sein würde. Also schrie sie, zuerst rief sie: «Help!» mit einer etwas rauhen Stimme, und als ihr dann einfiel, daß

était en France, elle cria «Au secours! Au secours! Au secours!» d'une voix pointue qui, Dieu sait pourquoi, lui redonna le fou rire. A sa grande stupeur, elle se retrouva assise sur ce maudit siège et se tenant les côtes. Peut-être serait-il bon qu'après avoir rompu avec Charles, elle aille se faire faire une sorte de check-up nerveux à l'Hôpital Américain ou ailleurs... D'ailleurs, c'était bien sa faute, elle n'aurait jamais dû voyager seule. «Ils» le lui avaient toujours dit: «Ne voyagez pas seule.» Car enfin, si par exemple Charles était venu la chercher, comme il l'en avait d'ailleurs suppliée par téléphone, il serait actuellement en train de la chercher partout, de taper à toutes les portes, et elle serait d'ores et déjà délivrée, dégustant cette sole à la du Barry ou Dieu sait quoi, en face du regard admiratif, si tendre et si protecteur de Charles. Evidemment, si Charles avait été là...

Seulement, grâce à ses propres ordres, Charles était actuellement, sûrement d'ailleurs, déjà, à Lyon-Perrache, un bouquet de fleurs à la main. Il ne savait pas que son bel amour était coincé comme une bête fauve, entre quatre murs ripolinés, et qu'il allait voir sortir peut-être une femme échevelée, hors d'elle, les nerfs brisés, au bout de son voyage. Même pas de livres! Elle n'avait même pas un livre dans son sac! La seule chose à lire dans cet endroit disait de bien faire attention en sortant, de ne pas se tromper de porte et de ne pas sauter sur la voie. C'était drôle, ça, c'était humoristique! A tout prendre, elle aurait préféré sortir de ce fichu endroit et se jeter sur la voie. Tout, plutôt que cette espèce de boîte aseptisée, ce contre-temps ridicule, cette atteinte directe à sa liberté, atteinte que personne n'avait osé depuis bien dix ans, maintenant. Depuis dix ans, per-

sie in Frankreich war, schrie sie: «Au secours! Au secours!», mit einer schrillen Stimme, die sie, Gott weiß, warum, wieder wie eine Verrückte zum Lachen brachte. Zu ihrer großen Verblüffung merkte sie, daß sie immer noch auf diesem verfluchten Klo saß und sich die Rippen hielt. Vielleicht wäre es gut, wenn sie, nachdem sie mit Charles gebrochen hatte, sich einer Art Nerven-Check-up im Amerikanischen Krankenhaus oder anderswo unterziehen würde ... Im übrigen war sie selbst schuld, sie hätte nie allein reisen dürfen. Ihre «Männer» hatten es ihr immer gesagt: «Reise nicht allein.» Wenn zum Beispiel Charles sie in Paris abgeholt hätte, und darum hatte er sie am Telefon inständig gebeten, dann würde er sie jetzt überall suchen, an allen Türen klopfen, und sie wäre nun schon befreit und längst bei dieser Seezunge à la du Barry oder Gott weiß was, unter dem bewundernden, so zärtlichen und so beschützenden Blick von Charles. Gewiß, wenn Charles dagewesen wäre ...

Nur, und das hatte sie selbst so gewollt, war Charles jetzt, sicherlich übrigens, schon auf dem Bahnhof Lyon-Perrache, einen Blumenstrauß in der Hand. Er wußte nicht, daß seine Liebste wie ein wildes Tier zwischen vier mit Emaillelack gestrichenen Wänden eingesperrt war und daß er am Ende ihrer Reise vielleicht eine Frau mit zerzaustem Haar, außer sich und mit zerrütteten Nerven aussteigen sehen würde. Nicht einmal Bücher! Nicht einmal ein Buch hatte sie in ihrer Handtasche! Das einzig Lesbare an diesem Ort besagte, man solle beim Hinausgehen gut aufpassen, sich nicht in der Tür irren, um nicht auf die Gleise zu stürzen. Das war komisch, das war Humor! Im großen und ganzen hätte sie es vorgezogen, diesen verdammten Ort zu verlassen und sich auf die Gleise zu stürzen. Alles, bloß nicht diesen desinfizierten Käfig, dieses lächerliche Mißgeschick, diese Freiheitsberaubung, etwas, was ihr anzutun seit gut zehn Jahren niemand gewagt hatte. Seit zehn Jahren hatte niemand gewagt, sie

sonne n'avait osé l'enfermer. Et surtout, depuis dix ans, chacun avait essayé illico de la délivrer de quelque chose ou de quelqu'un. Mais là, elle était seule comme un vieux chat, et elle donna un coup de pied violent à la porte qui lui fit horriblement mal, abîma ses escarpins neufs de Saint-Laurent et ne servit à rien. Se tenant le pied, elle retomba assise et se surprit à murmurer: «Charles! oh Charles!» d'une voix plaintive.

Bien sûr, il avait des défauts, Charles: il était tâtillon et, vraiment, sa mère n'était pas drôle, ni ses amis, d'ailleurs, et vraiment elle en avait connu de plus gais et de plus beaux et de plus originaux, quoi. Mais quand même, si Charles avait été là, toutes les portes de tous les vestiaires de tous les trains seraient ouvertes depuis longtemps, et il la regarderait avec ses yeux de cocker, il mettrait une de ses grandes mains, si longues et si carrées à la fois, sur la sienne, et il lui dirait: «Vous n'avez pas eu trop peur? Cela n'a pas été trop désagréable, cette histoire idiote?», et il s'excuserait même de n'avoir pas agi plus tôt, et peut-être parlerait-il de faire un procès à la S.N.C.F. Car il était fou, au fond, malgré ses airs mesurés. En tout cas, il ne supportait pas que quoi que ce soit de déplaisant lui arrivât. Charles était un homme qui se faisait du souci pour elle et, à y bien penser, il n'y en avait plus tellement de cette race. Non pas qu'elle manquât d'hommes qui se fassent du souci pour elle, ça non, c'était une notion trop vague et trop absurde en soi, mais en général cela manquait d'hommes se faisant du souci pour les femmes. Toutes ses amies le lui disaient et, au fond, elles avaient sans doute raison. C'était un bon vieux slogan de l'é-
80 poque, mais pas si faux. Car après tout, dans les
81 mêmes circonstances, Lawrence aurait pensé, en

einzusperren. Und vor allem seit Jahren hatten alle versucht, sie auf der Stelle von etwas oder von jemandem zu befreien. Aber jetzt war sie allein wie eine alte Katze, und sie versetzte der Tür einen heftigen Fußtritt, der ihr entsetzlich weh tat, ihren neuen Schuh von Saint-Laurent ruiniert und nichts genützt hatte. Sich den Fuß haltend, sank sie wieder auf das Klo und ertappte sich dabei, daß sie mit kläglicher Stimme murmelte: «Charles! O Charles!»

Gewiß, er hatte Mängel, der gute Charles: er war ein Umstandskrämer, und seine Mutter war wirklich nicht lustig, seine Freunde übrigens auch nicht, und sie hatte durchaus fröhlichere und besser aussehende und originellere Männer gekannt. Aber immerhin, wäre Charles dagewesen, wären alle Türen von allen Toiletten aller Züge längst offen, und er würde sie mit seinen treuen Hundeaugen ansehen, würde eine seiner großen, so langen und gleichzeitig so breiten Hände auf ihre legen und sagen: «Hast du nicht zu sehr Angst gehabt? War das nicht zu unangenehm, diese böde Geschichte?», und er würde sich sogar entschuldigen, daß er nicht früher etwas unternommen hatte, und vielleicht würde er sogar davon sprechen, daß er die Eisenbahn verklagen wolle. Denn im Grunde war er verrückt, trotz seines gesetzten Wesens. Jedenfalls ertrug er es nicht, daß ihr etwas Unerfreuliches zustieß, was immer es auch sein mochte. Charles war ein Mann, der sich Sorgen um sie machte, und wenn man es sich recht überlegte, gab es von dieser Sorte nicht mehr viele. Nicht daß es ihr an Männern gemangelt hätte, die sich um sie Sorgen machten, das nicht, das war eine zu flaue, schlechthin abwegige Vorstellung, aber im allgemeinen waren Männer, die sich um Frauen Sorgen machten, selten. Alle ihre Freundinnen sagten es, und im Grunde hatten sie zweifellos recht. Das war zur Zeit ein gutes, altes Schlagwort, aber nicht so falsch. Denn schließlich hätte Lawrence unter denselben Umständen,

ne la voyant pas réapparaître, qu'elle était descendue à Dijon pour retrouver un autre que lui, et Arthur aurait pensé... rien. Il aurait bu jusqu'à Lyon en interrogeant deux ou trois fois le maître d'hôtel, et, finalement, il n'y aurait eu que Charles, avec sa cravate à raies et son air calme, qui aurait révolutionné tout le Mistral pour elle. Oui, il était bien dommage qu'ils dussent rompre. A y penser, c'était fou. Elle avait trente-six ans, depuis vingt ans elle ne s'occupait que des hommes – de ses hommes –, de leurs manies, de leurs histoires, de leurs femmes, de leurs ambitions, de leur tristesse, de leurs envies, et là, dans ce train, coincée de la manière la plus grotesque qui soit par un loquet indocile, elle ne voyait brusquement qu'un homme qui pût la tirer de là, et c'était justement à cet homme (grâce auquel elle était dans ce train et vers lequel elle voguait) qu'elle allait signifier une fois pour toutes qu'elle n'avait pas besoin de lui, pas plus que lui besoin d'elle! Et pourtant elle était, mon Dieu! convaincue de tout cela en montant dans ce train, une heure plus tôt! Et de quel ton décidé avait-elle dit à Achille, son chauffeur, de revenir la chercher le lendemain, à la même heure, toutes chaînes rompues! (In petto, bien sûr.) Et comme elle avait imaginé avec joie ce même matin, l'idée de rentrer à Paris, seule, libre, sans mensonges et sans devoir; sans la moindre obligation d'attendre un coup de téléphone de Lyon, de refuser un dîner amusant à cause d'une arrivée éventuelle de Lyon, de décommander brusquement un rendez-vouz bizarre à cause de la présence de Lyon... Oui, en se réveillant ce matin chez elle, elle exultait, brusquement partagée
82 entre l'amusement de prendre le train, pour une
83 fois, et de traverser la belle campagne française, et

wenn er sie nicht hätte zurückkommen sehen, gedacht, daß sie in Dijon ausgestiegen wäre, um sich mit einem anderen zu treffen, und Arthur hätte ... gar nichts gedacht. Er hätte bis Lyon weiter getrunken und zwei- oder dreimal den Oberkellner befragt, und zu guter Letzt wäre es nur Charles mit seiner gestreiften Krawatte und seiner ruhigen Art gewesen, der ihretwegen den ganzen Mistral in Aufruhr gebracht hätte. Ja, es war wirklich schade, daß sie sich trennen mußten. Wenn man es sich recht überlegte, war es verrückt. Sie war fünfunddreißig Jahre alt, seit zwanzig Jahren hatte sie sich nur mit Männern beschäftigt – mit ihren Männern –, mit ihren Manien, ihren Affären, ihren Frauen, ihren Ambitionen, ihrer Traurigkeit, ihren Sehnsüchten, und jetzt, in diesem Zug, auf höchst alberne Weise durch einen widerspenstigen Riegel eingesperrt, erkannte sie plötzlich, daß nur ein Mann sie hier herausholen könnte, und ausgerechnet diesem Mann (dessentwegen sie überhaupt im Zug war und zu dem sie hinfuhr) wollte sie ein für allemal kundtun, daß sie ihn nicht mehr brauchte, ebensowenig wie er sie! Und dennoch war sie – mein Gott! – von alledem überzeugt gewesen, als sie vor einer Stunde in diesen Zug einstieg! Und in welch bestimmtem Ton hatte sie Achille, ihrem Chauffeur, gesagt, er solle sie am nächsten Tag zur selben Stunde wieder abholen, aller Ketten ledig. (Nur im stillen, natürlich.) Und welche Freude sie noch heute morgen bei dem Gedanken empfunden hatte, nach Paris zurückzukommen, allein, frei, ohne Lügen und ohne Verpflichtungen; ohne einen Anruf aus Lyon erwarten zu müssen, eine Einladung zu einem witzigen Abendessen nicht annehmen zu können, weil Lyon womöglich kam, eine seltsame Verabredung absagen zu müssen weil Lyon da war... Ja, als sie heute früh zu Hause aufwachte, da frohlockte sie, teils wegen des Vergnügens, ausnahmsweise den Zug zu nehmen und durch die schöne französische Landschaft zu fahren, teils wegen des härteren Ver-

l'amusement, plus féroce, d'être loyale et nette, et de se déplacer pour signifier à quelqu'un qu'elle était loyale et nette en même temps que perdue pour lui. Il y avait une sorte de cruauté, toujours, en elle qui pouvait être facilement exultante; mais là, cette vamp coincée par un verrou était devenue une sorte de caricature immonde d'elle-même, et ni son destin ni son passé ne s'imbriquaient bien dans le puzzle haché que lui renvoyait de son visage le miroir terne du train; puzzle optique provoqué par des larmes de rire et d'exaspération.

Un peu plus tard, il y eut plein d'hommes pressés, ou de femmes – comment savoir? – qui vinrent secouer sa porte et à qui elle cria «Help!» ou «Au secours!» ou «Please!» sur tous les tons et à toute voix. Elle se rappela son enfance, ses mariages, les enfants qu'elle aurait pu avoir, ceux qu'elle avait eus. Elle se rappela des détails idiots de plages, de murmures la nuit, de disques, de bêtises, et, comme elle avait un certain humour, elle pensa qu'aucun cabinet de psychiatre ne saurait être aussi efficace qu'un W.C. fermé, dans un wagon de 1re Classe, entre Paris et Lyon.

Elle fut délivrée après Chalon et n'eut même pas le réflexe de signaler à son sauveteur – au demeurant la dame lyonnaise – qu'elle était là depuis si longtemps. Toujours est-il qu'elle descendit du train à Lyon parfaitement maquillée, parfaitement paisible, et que Charles, qui tremblait au bord du quai depuis bientôt une heure, s'étonna de la jeunesse de ses traits. Il courut vers elle et, pour la première fois depuis qu'il la connaissait, elle s'appuya un peu contre lui, la tête contre son épaule, et lui avoua qu'elle était fatiguée.

gnügens, aufrichtig und untadelig zu sein und eine Reise zu unternehmen, um jemandem kundzutun, daß sie aufrichtig und untadelig und damit für ihn verloren sei. Sie hatte immer etwas Grausames an sich gehabt, sie, die so leicht frohlockte; aber jetzt war dieser durch einen Riegel in die Enge getriebene Vamp zu einer abscheulichen Karikatur von ihr geworden, und weder ihr Schicksal noch ihre Vergangenheit fügten sich richtig in das zerhackte Puzzle ein, das ihr der trübe Spiegel des Zuges von ihrem Gesicht zurückwarf; ein optisches Puzzle, hervorgerufen von Tränen des Lachens und der Erbitterung.

Etwas später hatten es eine Menge Männer oder Frauen – wie sollte sie das wissen? – eilig und rüttelten an der Tür, und sie schrie: «Help!» oder «Au secours!» oder «Please!», in allen Tonlagen und aus Leibeskräften. Sie erinnerte sich an ihre Kindheit, ihre Ehen, die Kinder, die sie hätte haben können, diejenigen, die sie gehabt hatte. Sie erinnerte sich an blöde Einzelheiten auf Stränden, an nächtliches Gemurmel, an Schallplatten, an Dummheiten, und da sie auch einen gewissen Humor besaß, dachte sie, daß kein Sprechzimmer eines Psychiaters so wirkungsvoll sein könnte wie ein verschlossenes WC in einem Erste-Klasse-Wagen zwischen Paris und Lyon.

Hinter Châlon wurde sie befreit und kam gar nicht auf den Gedanken, ihrer Retterin – es war übrigens die Dame aus Lyon – zu sagen, daß sie so lange da drinnen gewesen war. Jedenfalls war sie, als sie in Lyon ausstieg, tadellos zurechtgemacht, absolut friedlich,

und Charles, der seit fast einer Stunde auf dem Bahnsteig gezittert hatte, war erstaunt über die Jugendlichkeit ihrer Züge. Er lief ihr entgegen, und zum erstenmal, seit er sie kannte, lehnte sie sich ein wenig an ihn, den Kopf an seiner Schulter, und gestand ihm, daß sie müde sei.

– C'est pourtant un train très confortable, dit-il.

Elle murmura «Oui, bien sûr», vaguement, et puis, se tournant vers lui, elle lui posa la question qui pouvait le rendre le plus heureux au monde:

– Et quand voulez-vous que nous nous mariions?

«Dabei ist das doch ein sehr komfortabler Zug», sagte er.

«O ja, gewiß», murmelte sie undeutlich, und dann drehte sie sich zu ihm um und stellte ihm die Frage, die ihn zum glücklichsten Menschen auf der Welt machen konnte:

«Und wann wollen wir heiraten?»

M. Ximenestre ressemblait beaucoup à un dessin de Chaval. Corpulent, l'air hébété, sympathique au demeurant. Mais, en ce début du mois de décembre, il arborait une expression chagrine qui donnait à tout passant muni d'un cœur l'envie folle de l'aborder. Ce souci était dû à l'approche des fêtes que M. Ximenestre, d'ailleurs bon chrétien, voyait arriver cette année-là avec répulsion, n'ayant pas un centime pour fêter Mme Ximenestre, pourtant avide de présents, son fils Charles, bon à rien, et sa fille Augusta, excellente danseuse de calypso.

Pas un centime, telle était l'exacte situation. Et il n'était pas question d'augmentation ni d'emprunts. Les deux avaient été obtenus déjà, à l'insu de Mme Ximenestre et de ses enfants, pour satisfaire le nouveau vice de celui qui eût dû être leur soutien, pour satisfaire enfin la funeste passion de M. Ximenestre: le jeu.

Non point le jeu banal, où l'or ruisselle sur le tapis vert, ni celui où des chevaux s'essoufflent sur un autre tapis vert, mais un jeu inconnu encore en France, malheureusement en vogue dans un café du XVIIe où M. Ximenestre prenait un Martini rouge avant de rentrer chez lui tous les soirs: le jeu des fléchettes, pratiqué avec une sarbacane et des billets de mille francs.

Tous les habitués en étaient fous, sauf l'un d'eux qui avait dû s'arrêter, ayant un souffle au cœur. Importé par un Australien inconnu au quartier, ce jeu palpitant avait vite formé une sorte de club très fermé, sis dans l'arrière-salle, où le petit billard avait été sacrifié par le patron enthousiaste.

Eine Hundenacht

Monsieur Ximenestre hatte viel Ähnlichkeit mit einer Zeichnung von Chaval. Korpulent, etwas dumm, im übrigen sympathisch. Doch jetzt, Anfang Dezember, sah er so bekümmert aus, daß jeder Vorübergehende, der ein Herz besaß, das törichte Verlangen verspürte, ihn anzusprechen. Der Grund für seinen Kummer waren die bevorstehenden Feiertage, denen Monsieur Ximenestre, sonst ein guter Christ, in diesem Jahr voll Abscheu entgegensah, denn er hatte keinen Pfennig, um Madame Ximenestre, die so erpicht darauf war, seinen Sohn Charles, einen Nichtsnutz, und seine Tochter Augusta, eine vortreffliche Calypsotänzerin, zu beschenken. Nicht einen Pfennig, so war die Lage. Und weder stand eine Gehaltserhöhung in Aussicht, noch kam ein Kredit in Frage. Das eine hatte er schon erhalten, das andere war bereits in Anspruch genommen, ohne daß Madame Ximenestre und die Kinder es wußten, und zwar, um dem neuen Laster dessen zu dienen, der ihr Ernährer sein sollte: der unseligen Spielleidenschaft von Monsieur Ximenestre.

Es war nicht das gewöhnliche Spiel, bei dem das Gold auf dem grünen Filz des Spieltischs rollt, auch nicht jenes, bei dem Pferde auf der grünen Rasenmatte keuchen, sondern ein in Frankreich noch unbekanntes Spiel, das leider in einem Café des XVII. Arrondissements im Schwange war, wo sich Monsieur Ximenestre jeden Abend einen roten Martini genehmigte, ehe er nach Hause ging: es wurde mit kleinen Pfeilen, einem Blasrohr und Tausendfranc-Scheinen gespielt. Alle Stammgäste waren ganz wild darauf, abgesehen von einem, der aufhören mußte, weil er Herzgeräusche hatte. Dieses spannende Spiel, von einem im Stadtviertel unbekannten Australier eingeführt, hatte rasch zur Gründung eines sozusagen geschlossenen Klubs geführt, der im Hinterzimmer tagte, wo der begeisterte Wirt das kleine Billard geopfert hatte.

Bref, M. Ximenestre s'y était ruiné, bien qu'ayant fait des débuts prometteurs. Que faire? A qui emprunter encore de quoi payer le sac à main, le demi-scooter et le pick-up qu-il se savait tenu d'offrir à la suite de quelques allusions très précises à table? Les jours passaient autour de lui, les yeux s'allumaient de plaisir anticipé, et la neige se mit gaiement à tomber. Le teint de M. Ximenestre devint jaune et il souhaita tomber malade. En vain.

Le 24 au matin, M. Ximenestre sortit de chez lui, suivi par trois regards approbateurs, la fouille quotidienne effectuée par Mme Ximenestre n'ayant pas encore amené la découverte des pré-cieux paquets attendus. «Il s'y prend à temps», pensait-elle avec quelque aigreur mais sans la moindre inquiétude.

Dans la rue, M. Ximenestre entortilla trois fois son foulard autour de son visage et ce geste lui fit un instant envisager un hold-up. Idée qu'il repoussa vite, heureusement. Il se mit à marcher de son pas d'ours, traînard et débonnaire, et vint échouer sur un banc où la neige eut vite fait de le transformer en iceberg. L'idée de la pipe, de la serviette de cuir et de la cravate rouge (par ailleurs importable) qu'il savait l'attendre chez lui mettait le comble à sa désolation.

Quelques passants rubiconds, sautillants, des ficelles et des paquets à chaque doigt, des pères de famille enfin, dignes de ce nom, passèrent. Une limousine s'arrêta à deux pas de M. Ximenestre; une créature de rêve, suivie de deux loulous en laisse, en descendit. M. Ximenestre, pourtant amateur de beau sexe, la regarda sans la moindre
90 pensée. Puis ses yeux errèrent sur les chiens et
91 une vive lueur y apparut soudainement. Se dé-

Kurz, Monsieur Ximenestre hatte sich dabei ruiniert, und das nach vielversprechenden Anfängen. Was tun? Wo könnte er noch das Geld pumpen, um die Handtasche, das kleine Moped und den Plattenspieler zu bezahlen, die zu schenken er (nach einigen gezielten Andeutungen bei Tisch) wohl verpflichtet war? Die Tage verstrichen, ringsum leuchteten die Augen voll Vorfreude, und der Schnee begann fröhlich zu fallen. Monsieur Ximenestres Teint wurde gelb, und er wünschte, er würde krank werden. Vergeblich.

Am Morgen des 24. Dezember verließ Monsieur Ximenestre das Haus, gefolgt von drei beifälligen Blicken, denn die täglich von Madame Ximenestre vorgenommene Durchsuchung der Wohnung hatte noch nicht zur Entdeckung der erwarteten kostbaren Pakete geführt. «Er macht sich rechtzeitig dran», dachte sie etwas bitter, aber ohne die geringste Beunruhigung.

Auf der Straße wickelte sich Monsieur Ximenestre seinen Schal dreimal ums Gesicht, und diese Geste ließ ihn kurz einen Raubüberfall ins Auge fassen. Ein Gedanke, den er zum Glück rasch verwarf. Er setzte sich in Marsch wie ein Bär, schleppend und gutmütig, und landete auf einer Bank, auf der ihn der Schnee rasch in einen Eisberg verwandelte. Der Gedanke an die Pfeife, die lederne Aktentasche und die rote Krawatte (im übrigen untragbar), wovon er wußte, daß es ihn zu Hause erwartete, machte das Maß seiner Trostlosigkeit voll.

Einige Passanten, erhitzt und tänzelnd, Bindfäden und Pakete an jedem Finger, kurzum Familienväter, die dieses Namens würdig waren, kamen vorbei. Zwei Schritte von Monsieur Ximenestre entfernt hielt eine Limousine; eine Traumgestalt, gefolgt von zwei Hündchen, stieg aus. Monsieur Ximenestre, wenngleich dem schönen Geschlecht sehr zugetan, betrachtete sie ohne den geringsten Hintergedanken. Dann fiel sein Blick auf die Hunde, und seine Augen leuchteten plötzlich auf. Er schüttelte den

barrassant du tas de neige accumulé sur ses genoux, il se dressa prestement en poussant une exclamation étouffée par la neige qui lui dégringola de son chapeau dans les yeux et le cou.

– A la fourrière! cria-t-il.

La fourrière était un endroit assez lugubre, plein de chiens tristes ou agités qui effrayèrent un peu M. Ximenestre. Il fixa enfin son choix sur une bête assez indéfinie quant à la race et à la couleur mais qui, selon l'expression, avait de bons yeux. Et M. Ximenestre se doutait qu'il faut d'infiniment bons yeux pour remplacer un sac, un pick-up et un scooter. Il baptisa immédiatement sa trouvaille Médor, et, le tenant au bout d'une ficelle, sortit dans la rue.

La joie de Médor se traduisit immédiatement par une frénésie qui se communiqua malgré lui à M. Ximenestre, surpris par la vigueur canine. Il se vit traîner quelques centaines de mètres au grand trot (car il y avait longtremps que l'expression galoper ne pouvait plus s'appliquer à M. Ximenestre) et finit par atterrir dans un passant qui grommeda quelque chose sur «les sales bêtes». Comme un skieur nautique, M. Ximenestre pensa qu'il vaudrait peut-être mieux lâcher la ficelle et rentrer chez lui. Mais Médor, jappant, sautait sur lui avec entrain, son poil jaunâtre et sale plein de neige, et un instant M. Ximenestre pensa qu'on ne l'avait pas regardé ainsi depuis longtemps. Son cœur se fendit. Il plongea ses yeux bleus dans les yeux marron de Médor et il eurent une seconde d'une douceur indicible.

Médor se secoua le premier. Il repartit et la course continua. M. Ximenestre pensait vaguement au basset anémique qui voisinait avec Médor, et qu'il n'avait même pas regardé, considérant

Haufen Schnee ab, der sich auf seinem Schoß angesammelt hatte, stand eilig auf und stieß einen Ruf aus, den der ihm von seinem Hut in die Augen und auf den Hals fallende Schnee erstickte.

«Ins Tierheim!» waren seine Worte.

Das Tierheim war ein recht düsterer Ort voll trauriger oder aufgeregter Hunde, die Monsieur Ximenestre ein wenig erschreckten. Er entschied sich schließlich für ein Tier, dessen Rasse und die Farbe kaum zu definieren, das aber, nach dem Ausdruck der Augen zu urteilen, sanftmütig war. Und Monsieur Ximenestre ahnte, daß es unendlicher Sanftmut bedurfte, um eine Handtasche, einen Plattenspieler und ein Moped zu ersetzen. Er taufte seinen Hund sofort Médor, nahm ihn an die Strippe und ging auf die Straße.

Médors Freude äußerte sich in einer Raserei, die sich unwillkürlich auf Monsieur Ximenestre übertrug, der erstaunt war über die hündische Kraft. Er wurde einige hundert Meter in vollem Trab mitgezogen (denn der Ausdruck Galoppieren ließ sich schon lange nicht mehr auf Monsieur Ximenestre anwenden) und stieß schließlich mit einem Passanten zusammen, der etwas von «dreckigen Viechern» brummte. Wie ein Wasserskifahrer dachte Monsieur Ximenestre, daß es vielleicht besser wäre, die Strippe loszulassen und nach Hause zu gehen. Aber Médor sprang kläffend und fröhlich an ihm hoch, sein gelbliches und schmutziges Fell voller Schnee, und Monsieur Ximenestre schoß der Gedanke durch den Kopf, daß er schon lange nicht mehr so angeschaut worden war. Es gab ihm einen Stich ins Herz. Seine blauen Augen versenkten sich in Médors braune Augen, sie erlebten eine Sekunde unsagbarer Süße.

Médor faßte sich als erster. Er machte sich wieder auf den Weg, und das Wettrennen ging weiter. Monsieur Ximenestre dachte flüchtig an den anämischen Dackel, der Médors Nachbar gewesen war und den er gar nicht ange-

qu'un chien doit être gros. A présent, il volait littéralement vers sa maison. Ils ne s'arrêtèrent qu'une minute dans un café où M. Ximenestre prit trois grogs et Médor trois sucres, ces derniers offerts par la patronne compatissante: «Et par ce temps, la pauvre bête qui n'a même pas un petit manteau!» M. Ximenestre, ahanant, ne répondit pas.

Le sucre eut un effet revigorant sur Médor mais ce fut un fantôme qui sonna chez les Ximenestre. Mme Ximenestre ouvrit, Médor s'engouffra et M. Ximenestre, sanglotant de fatigue, tomba dans les bras de sa femme.

– Mais, qu'est-ce que c'est?

Ce cri jaillit de la poitrine de Mme Ximenestre.

– C'est Médor, dit M. Ximenestre et, dans un effort désespéré, il ajouta: Joyeux Noël, ma chérie!

– Joyeux Noël? Joyeux Noël? s'étrangla Mme Ximenestre. Mais que veux-tu dire?

– Nous sommes bien le 24 décembre? cria M. Ximenestre que la chaleur et la sécurité rendaient à lui-même. Eh bien! pour Noël, je t'offre, je vous offre, se reprit-il, car ses enfants sortaient de la cuisine les yeux écarquillés, je vous offre Médor. Voilà!

Et il gagna sa chambre d'un pas décidé. Mais il s'effondra aussitôt sur son lit et prit sa pipe, une pipe de la guerre 14–18 dont il avait coutume de dire «qu'elle en avait vu d'autres». Les mains tremblantes, il la bourra, l'alluma, mit ses jambes sous la courtepointe et attendit l'assaut.

Mme Ximenestre, blême, blême à faire peur, pensa M. Ximenestre in petto, entra presque aussitôt dans sa chambre. Le premier réflexe de M. Ximenestre fut un réflexe de tranchées: il essaya

schaut hatte, weil er der Meinung war, ein Hund müsse dick sein. Jetzt rannte er buchstäblich in fliegender Eile nach Hause. Es gab nur einen Aufenthalt von einer Minute in einem Café, wo Monsieur Ximenestre drei Grogs zu sich nahm und Médor drei Stück Zucker, die ihm die mitleidige Wirtin schenkte: «Und bei diesem Wetter, das arme Tier hat ja nicht einmal ein Mäntelchen!» Monsieur Ximenestre schnaufte und antwortete nicht.

Der Zucker hatte eine belebende Wirkung auf Médor ausgeübt, aber es war ein Gespenst, das bei den Ximenestres läutete. Madame Ximenestre öffnete die Tür, Médor stürzte hinein, und Monsieur Ximenestre, vor Müdigkeit schluchzend, sank seiner Frau in die Arme.

«Aber was ist denn das?»

Dies entrang sich der Brust von Madame Ximenestre.

«Das ist Médor», sagte Monsieur Ximenestre, und mit dem Mut der Verzweiflung fügte er hinzu: «Fröhliche Weihnachten, meine Liebe!»

«Fröhliche Weihnachten? Fröhliche Weihnachten?» Ihr versagte die Stimme. «Was willst du damit sagen?»

«Heute ist doch der 24. Dezember!» rief Monsieur Ximenestre, den die Wärme und die Sicherheit wieder zu sich brachten. «Nun ja, zu Weihnachten schenke ich dir, schenke ich euch», verbesserte er sich, denn seine Kinder kamen mit weit aufgerissenen Augen aus der Küche, «schenke ich euch Médor. Da ist er.»

Festen Schrittes ging er in sein Zimmer. Aber er sank gleich auf sein Bett und griff nach seiner Pfeife, einer Pfeife aus dem Krieg 14/18, von der er zu sagen pflegte, daß sie «schon ganz anderes mitgemacht» habe. Mit zitternder Hand stopfte er sie, zündete sie an, steckte die Beine unter die Steppdecke und wartete auf den Angriff.

Bleich, angsterregend bleich, dachte Monsieur Ximenestre bei sich, betrat Madame Ximenestre fast sofort sein Zimmer. Seine erste Reaktion war eine Schützengrabenreaktion: er versuchte, ganz unter die Steppdecke zu krie-

de s'enfouir complètement sous la courtepointe... Il ne dépassa de lui qu'une de ses rares mèches de cheveux et la fumée de sa pipe. Mais cela suffit à l'ire de Mme Ximenestre:

– Peux-tu me dire ce que c'est que ce chien?

– C'est un genre de Bouvier des Flandres, je crois, dit faiblement la voix de M. Ximenestre.

– Un genre de Bouvier des Flandres? (La fureur de Mme Ximenestre monta d'un ton.) Et sais-tu ce qu'attent ton fils pour Noël? Et ta fille? Moi, je sais bien que je ne compte pas... Mais eux? Et tu leur rapportes cette affreuse bête?

Médor rentrait précisément. Il sauta sur le lit de M. Ximenestre, se coucha près de lui et posa sa tête sur la sienne. Des larmes de tendresse, heureusement cachées par la courtepointe, vinrent aux yeux de son ami.

– C'est trop fort, dit Mme Ximenestre, es-tu sûr seulement que cette bête n'est pas enragée?

– Auquel cas, vous seriez deux, dit froidement M. Ximenestre.

Cette réplique affreuse amena la disparition de Mme Ximenestre. Médor lécha son maître et s'endormit. A minuit, l'épouse et les enfants de M. Ximenestre partirent sans le prévenir pour la messe de minuit. Un léger malaise l'envahit et, à une heure moins le quart, il décida de sortir Médor cinq minutes. Il mit son gros cache-nez et à pas lents se dirigea vers l'église, Médor reniflant toutes les portes cochères.

L'église était comble et M. Ximenestre essaya en vain d'en pousser la porte. Il attendit donc devant le porche, sous la neige, son foulard remonté sous les yeux tandis que les cantiques de bons chrétiens retentissaient à ses oreilles. Médor tirait si fort sur sa ficelle qu'il finit par s'asseoir et at-

chen. Von ihm war nur noch eine seiner wenigen Haarsträhnen und der Rauch seiner Pfeife zu sehen. Aber das genügte für den Zorn von Madame Ximenestre:

«Kannst du mir sagen, was das für ein Hund ist?»

«Das ist eine Art flandrischer Schäferhund, glaube ich», ließ sich schwach die Stimme von Monsieur Ximenestre vernehmen.

«Eine Art flandrischer Schäferhund?» Ihre Wut steigerte sich um eine Tonlage. «Und weißt du, was dein Sohn zu Weihnachten erwartet? Und deine Tochter? Was mich betrifft, so weiß ich, daß ich nicht zähle... Aber sie? Und du bringst ihnen dieses schreckliche Tier?»

Médor kam gerade herein. Er sprang auf Monsieur Ximenestres Bett und legte sich neben ihn, Kopf an Kopf. Zärtliche Tränen, zum Glück durch die Steppdecke verborgen, traten seinem Freund in die Augen.

«Das ist ein starkes Stück», fand Madame Ximenestre. «Bist du denn sicher, daß das Tier keine Tollwut hat?»

«In diesem Fall wärt ihr zu zweit», erwiderte Monsieur Ximenestre kühl.

Diese abscheuliche Antwort bewirkte, daß Madame Ximenestre verschwand. Médor leckte seinen Herrn und schlief ein. Um Mitternacht gingen die Ehefrau und die Kinder von Monsieur Ximenestre, ohne ihn zu verständigen, zur Mitternachtsmesse. Ein leichtes Unbehagen überkam ihn, und um Viertel vor eins beschloß er, mit Médor fünf Minuten Gassi zu gehen. Er wickelte sich seinen dicken Schal um und begab sich langsamen Schritts zur Kirche, während Médor an allen Haustüren schnüffelte.

Die Kirche war gerammelt voll, und Monsieur Ximenestre versuchte vergeblich, die Tür zu öffnen. Er wartete also vor der Vorhalle, im Schnee, den Schal bis unter die Augen gezogen, und die Choräle der guten Christen hallten in seinen Ohren wider. Médor zog so fest an der Strippe, daß er sich schließlich hinsetzte und die Strippe

tacher la ficelle à son pied. Le froid, les émotions avaient peu à peu engourdi l'esprit déjà perturbé de M. Ximenestre, si bien qu'il ne savait plus très bien ce qu'il faisait là. Aussi fut-il surpris par le flot des fidèles affamés qui sortit précipitamment de l'église. Il n'avait pas eu le temps de se relever, de dénouer la ficelle, que déjà une voix jeune s'écriait:

– Oh! le joli chien! Oh! le pauvre homme! … Attends, Jean-Claude.

Et une pièce de cinq francs tomba sur les genoux de M. Ximenestre hébété. Il se releva en balbutiant et le nommé Jean-Claude, ému, lui donna une autre pièce en lui conseillant de passer un joyeux Noël.

– Mais, balbutia M. Ximenestre, mais voyons …

On sait à quel point la charité peut être une chose contagieuse. Tous les fidèles ou presque qui sortirent par l'aile droite de l'église donnèrent leur obole à M. Ximenestre et à Médor. Couvert de neige, hébété, M. Ximenestre essayait en vain de les en dissuader.

Etant sortis par l'aile gauche. Mme Ximenestre et ses enfants rentrèrent au foyer. M. Ximenestre survint peu après, s'excusa pour sa blague de l'après-midi, et remit à chacun la somme équivalente à son cadeau. Le réveillon fut très gai. Puis M. Ximenestre alla se coucher près de Médor gavé de dinde, et ils s'endormirent tous deux du sommeil des justes.

an seinen Fuß band. Die Kälte, die Aufregungen hatten seine schon verwirrten Sinne allmählich abgestumpft, so daß er nicht mehr ganz genau wußte, was er da eigentlich machte. So kam es, daß er von dem Strom der ausgehungerten Gläubigen überrascht wurde, die eilig die Kirche verließen. Er hatte nicht mehr Zeit gehabt, aufzustehen und die Strippe aufzuknoten, als schon eine junge Stimme rief:

«Oh, der hübsche Hund! Oh, der arme Mann! Warte einen Augenblick, Jean-Claude.»

Und ein Fünffrancstück fiel dem verstörten Monsieur Ximenestre auf den Schoß. Er stand auf, stammelte etwas, und der als Jean-Claude Angeredete gab ihm, gerührt, ebenfalls eine Münze und wünschte ihm fröhliche Weihnachten.

«Aber», stammelte Monsieur Ximenestre, «aber hören Sie mal...»

Man weiß, wie ansteckend Barmherzigkeit sein kann. Alle oder fast alle Gläubigen, die durch den rechten Ausgang herauskamen, gaben Monsieur Ximenestre und Médor ihr Scherflein. Schneebedeckt, verstört, versuchte Monsieur Ximenestre es ihnen auszureden – umsonst.

Madame Ximenestre und ihre Kinder hatten die Kirche durch den linken Ausgang verlassen und kehrten nach Hause zurück. Monsieur Ximenestre kam kurz danach, entschuldigte sich für seinen Scherz vom Nachmittag und überreichte jedem die Summe, die dem Geldwert seines Geschenks entsprach. Der Mitternachtsschmaus wurde sehr fröhlich. Dann ging Monsieur Ximenestre mit Médor ins Bett, der sich zur Genüge an Pute gütlich getan hatte, und sie schliefen beide den Schlaf der Gerechten.

Il l'avait invitée à ce cocktail mais c'était pour la dernière fois. Elle-même l'ignorait. Telle Blandine, il allait la livrer aux lions: ses amis.

Cette femme ennuyeuse, blonde, au demeurant exigeante, et un peu snob, et insipide et pas tellement sensuelle, il allait, ce soir, s'en débarrasser. Cette décision (dont on ne pouvait dire qu'il l'avait mûrie, vraiment, mais qu'il avait prise dans un coup de colère sur la plage, à Rome), cette décision, il allait enfin, après deux ans, au moins, l'appliquer. Luigi, héros des fêtes, coureur d'automobiles, de femmes et de bêtises mais néanmoins extrêmement lâche dans certaines circonstances de la vie, allait formuler à sa maîtresse leur rupture. Et pour cela, curieusement, il avait besoin de tout ce cheptel à la fois indifférent et gai et sournois, charmant et amical, chaleureux, qu'il appelait «ses amis». Petit à petit, depuis trois mois, ils l'avaient vu s'énerver, se détacher, s'agacer, bref, quitter moralement cette si ennuyeuse Inge.

L'ennuyeuse Inge avait été, pendant longtemps, une des plus belles femmes, une des plus belles «invitées de Rome» et, comme disaient d'ailleurs ses amis avec orgueil, une des plus belles maîtresses de Luigi.

Mais deux ans avaient passé, et des modes, et Dieu sait quoi, et à présent Luigi, exaspéré, emmenait dans sa voiture, à ce cocktail qui allait être un cocktail d'adieu, la toujours belle – mais déconsidérée –, la blonde Inge. Il était curieux, même pour lui-même, de voir à quel point ce n'était plus cette femme elle-même qu'il allait quitter, mais l'image de cette femme. Il n'allait pas quitter un profil, une bouche, des épaules, des hanches, des

Trennung auf römisch

Er hatte sie zu dieser Cocktailparty eingeladen, aber zum letztenmal. Sie selbst wußte es nicht. Wie die heilige Blandine wollte er sie den Löwen vorwerfen: seinen Freunden.

Diese Frau, langweilig, blond, im übrigen anspruchsvoll, ein bißchen snobistisch und geistlos und nicht übermäßig sinnlich, wollte er an jenem Abend loswerden. Den Entschluß (von dem man nicht sagen konnte, daß er wirklich reiflich erwogen war, denn er hatte ihn in einem Anfall von Zorn am römischen Strand gefaßt), diesen Entschluß wollte er nach gut und gerne zwei Jahren endlich in die Tat umsetzen. Luigi, Held auf allen Festen, erpicht auf Automobile, Frauen und Dummheiten, aber dennoch in manchen Lebenslagen außerordentlich feige, wollte seiner Geliebten zur Kenntnis bringen, daß sie sich trennen müßten. Und dazu brauchte er seltsamerweise diese ganze Herde – gleichgültig, vergnügt und hämisch, charmant, freundschaftlich und warmherzig –, die er «seine Freunde» nannte. Seit drei Monaten hatten sie mit angesehen, wie er allmählich nervös wurde, uninteressiert und gereizt war, kurzum, sich gefühlsmäßig von dieser so langweiligen Inge löste.

Die langweilige Inge war lange Zeit eine der schönsten Frauen, einer der schönsten «Gäste von Rom» gewesen und, wie übrigens seine Freunde voll Stolz sagten, unter Luigis Geliebten eine der schönsten.

Zwei Jahre waren vergangen, der Geschmack und Gott weiß was hatte sich geändert, und wütend brachte Luigi jetzt die immer noch schöne, aber nun mißachtete blonde Inge in seinem Wagen zu dieser Cocktailparty, die eine Abschiedsparty sein sollte. Er war gespannt, auch um seinetwillen, inwieweit es nicht nur die Frau selbst war, die er verlassen wollte, sondern auch die Vorstellung von dieser Frau. Er würde sich nicht von einem Profil trennen, einem Mund, Schultern, Hüften, Füßen, von alledem, was

pieds, toutes choses qu'il avait, en leur temps, adorées, presque vénérées (car il était un homme sensuel), il allait quitter une sorte de schéma, de figurine qui était devenue à force d'échos répétés, répétés: «Inge, tu sais? Celle de Luigi.» Et il avait beau se dire en roulant dans les rues de Rome, il avait beau essayer de se dire plutôt qu'elle était faite de chair et de sang comme lui-même, il lui semblait voyager près d'une vieille photographie prise en pied, bien habillée et installée près de lui, bêtement, pour un trajet indéterminé, mais qui néanmoins avait existé deux ans et finirait ce soir.

Il était aussi loin d'elle, de cette Suédoise, qu'il était près de ses amis italiens: son monde, son petit monde d'amis, ses coreligionnaires, ses spadassins, ses pairs. A la vérité, il ne savait pas très bien pourquoi c'était ce soir-là qu'il voulait rompre, ni non plus pourquoi il fallait que tout le monde le sût. C'était un de ces côtés de fatalité bizarre, de fausse moralité, dont Rome regorgeait encore dix siècle après Néron.

En fait, au volant de sa belle décapotable, ayant noblement refusé le port de la ceinture de sécurité, Luigi allait délibérément larguer sa chrétienne aux bêtes fauves. Bref, il allait abandonner sa maîtresse et s'arranger pour que cela fût assez bruyant pour être irrémédiable. Ce n'était pas un homme médiocre, mais il avait contracté, à force de compagnie, une sorte de terreur de la solitude, une sorte d'habitude d'être avec quelqu'un et un besoin profond, violent et, là, pratiquement viscéral de l'approbation des autres. Les autres étant les imbéciles ou les intelligents,
102 les cœurs durs ou les cœurs tendres, les victimes
103 ou les chassseurs, mais, de toute façon, «les autres»,

er zu seiner Zeit geliebt, fast verehrt hatte (denn er war ein sinnlicher Mann), er würde sich von einer Art Schema oder einem Figürchen trennen, das nur durch ständiges Wiederholen entstanden war: «Inge? Ach, du weißt schon, die von Luigi.» Und er konnte sich noch so sehr sagen, während er durch die Straßen von Rom fuhr, vielmehr konnte er noch so sehr versuchen, sich zu sagen, daß sie ein Mensch von Fleisch und Blut sei wie er selbst, ihm schien es dennoch, als säße er neben einer alten Photographie, in Lebensgröße aufgenommen, gut angezogen und ganz dumm neben ihm plaziert für eine Fahrt von unbestimmter Dauer, die sich aber schon zwei Jahre hinzog und heute abend zu Ende wäre.

Er war ihr, dieser Schwedin, ebenso fern, wie er seinen italienischen Freunden nahe war: seinem Kreis, seinem kleinen Freundeskreis, seinen Gesinnungsgenossen, seinen Radaubrüdern, seinen Kumpanen. In Wirklichkeit wußte er nicht, warum er ausgerechnet heute abend mit ihr brechen wollte und warum alle Welt es erfahren mußte. Das war eine dieser Vorstellungen von seltsamer Schicksalsfügung, von geheuchelter Sittlichkeit, die es neunzehn Jahrhunderte nach Nero in Rom noch in Hülle und Fülle gab. Am Steuer seines schönen Kabrioletts und nachdem er auf das Anlegen des Sicherheitsgurts vornehm verzichtet hatte, war Luigi fest entschlossen, seine Christin den wilden Tieren vorzuwerfen. Kurz, er wollte seine Geliebte sitzenlassen und dafür sorgen, daß das so geräuschvoll vor sich ging, daß es unwiderruflich war. Er war kein Dutzendmensch, aber er hatte durch zu viel Geselligkeit eine panische Angst vor Einsamkeit, hatte sich angewöhnt, immer mit jemandem zusammen zu sein, und empfand ein heftiges inneres Bedürfnis geradezu im Bauch, von den anderen anerkannt zu werden. Die anderen waren dumm oder intelligent, ihre Herzen hart oder weich, sie waren Gejagte oder Jäger, aber jedenfalls, «die anderen», die hartnäckig durch die Straßen ihrer

déambulant obstinément sur les trottoirs de leur ville: Rome. Malades d'eux-mêmes, intoxiqués, s'équilibrant de justesse entre leurs vices, leur plaisir, leur santé, et – parfois – leurs tendresses. Inge était arrivée là-dedans comme un objet, un bel objet blond, bleu, long, éminemment élégant, et tout de suite recherché, comme on peut rechercher un premier prix. Et c'était Luigi de Santo, architecte, romain, trente ans, joli passé, joli avenir, qui avait remporté ce premier prix, qui l'avait rapporté chez lui, qui l'avait mis sur son lit et qui lui avait arraché des mots d'amour, – voire des cris; c'était lui qui avait exigé de cette femme du Nord qu'elle se conformât aux exigences des hommes du Sud. Sans aucun vice spécial d'ailleurs; Luigi était assez gai ou assez mâle pour ne pas en avoir. Mais le temps, le fameux temps, le fougueux temps était passé: Inge boudait. Les noms de Stockholm, de Göteborg revenaient de plus en plus souvent dans sa conversation qu'il avait, du reste, fort peu écoutée. Il travaillait beaucoup. Aussi, en lui jetant ce soir-là un regard de traître, un regard de Iago, il se sentit tout à fait étonné et comme inquiet de sa propre curiosité. Après tout, cette femme, ce profil, ce corps, ce destin, en somme, il allait les abandonner dans une heure ou deux, sans vraiment les connaître. Ce qu'elle ferait d'elle-même, il ne s'en inquiétait pas, bien sûr – car vivre deux ans avec un homme gai, généreux, un peu lointain, ne peut pas inciter les femmes plutôt gaies, plutôt généreuses, plutôt lointaines à se tuer. Elle partirait très sûrement pour une autre ville italienne – ou pour Paris – et il y avait fort peu de chances pour qu'elle lui manque, ou qu'il lui manque. Ils avaient «cohabité» plus qu'autre chose «coexisté» comme deux images de mode, deux silhouettes,

Stadt zogen: Rom. Sie krankten an sich selbst, waren vergiftet, hielten sich mit knapper Not im Gleichgewicht zwischen ihren Lastern, ihren Lüsten, ihrer Gesundheit und – manchmal – ihren Zärtlichkeiten. Inge war da hineingeraten wie ein Gegenstand, ein blonder, blauer, langer, unerhört eleganter Gegenstand und sofort begehrt, wie man etwa einen ersten Preis begehrt. Und Luigi de Santo, Architekt, Römer, dreißig Jahre alt, hübsche Vergangenheit, hübsche Zukunft, hatte diesen ersten Preis errungen, hatte ihn mit nach Hause genommen, auf sein Bett gelegt und ihm Liebesworte – wenn nicht gar Schreie – entlockt; er war es gewesen, der von dieser Frau des Nordens verlangt hatte, sich den Forderungen der Männer des Südens zu fügen. Übrigens ohne besondere Lasterhaftigkeit; Luigi war lebenslustig genug oder männlich genug, um nichts dergleichen an sich zu haben. Aber die Zeit, die fabelhafte Zeit, die stürmische Zeit war vorbei: Inge maulte. Die Namen Stockholm und Göteborg kamen immer häufiger in ihren Reden vor, denen er im allgemeinen herzlich wenig Aufmerksamkeit geschenkt hatte. Er arbeitete sehr viel. Als er ihr an jenem Abend einen Verräter-Blick, einen Jago-Blick zuwarf, war er daher plötzlich erstaunt, geradezu beunruhigt über seine eigene Neugier. Schließlich wollte er diese Frau, dieses Profil, diesen Körper, kurzum dieses Schicksal in ein oder zwei Stunden sich selbst überlassen, ohne sie wirklich zu kennen. Was sie anfangen würde, darüber machte er sich gewiß keine Gedanken – denn zwei Jahre mit einem lebenslustigen, großzügigen und ein wenig geistesabwesenden Mann zu leben, kann Frauen, die auch eher lebenslustig, großzügig und geistesabwesend sind, nicht veranlassen, sich umzubringen. Sicher würde sie in eine andere italienische Stadt gehen – oder nach Paris –, und es bestand kaum Aussicht, daß sie ihm fehlen oder er ihr fehlen würde. Sie hatten eigentlich nur «zusammen gewohnt», «zusammen gelebt» wie zwei Modebilder, zwei Skizzen,

dessinées – non par eux-mêmes mais par la société où ils vivaient; ils avaient pratiquement tenu un rôle théâtral sans théâtre, caricatural sans caricature et sentimental sans sentiment. Il était bon que Luigi de Santo ait eu pour maîtresse une jeune femme évanescente nommée Inge Ingleborg. Il était aussi bon qu'ils se désirassent, se supportassent et se quittassent au bout de deux ans...

Elle bâilla un peu, tourna la tête vers lui et lui demanda de sa voix tranquille, avec ce léger accent qui l'énervait au fond, depuis deux jours, elle lui demanda «qui» il «y aurait» ce soir. Et, quand il dit «les mêmes» en souriant, elle eut brusquement l'air un peu déçu. Peut-être se rendait-elle compte que cette histoire était finie, peut-être commençait-elle d'elle-même à se détacher, à fuir, à le fuir? Et, à cette pensée, un vieil instinct de mâle se réveilla chez Luigi: Il pensa que, s'il le voulait, il pouvait tout sur elle: la garder, l'apaiser, lui faire dix enfants, l'enfermer et aussi, pourquoi pas: l'aimer. Il eut une sorte de rire à cette idée et elle se tourna vers lui et dit: «Tu es gai, toi?» sur un ton beaucoup plus interrogatif qu'enjoué, un ton qui l'étonna. «De toute façon, se disait-il en passant sur la place d'Espagne, de toute façone elle doit se douter de quelque chose. Carla m'a téléphoné une demi-heure, et Giana et Umberto; et bien qu'elle n'écoute jamais le téléphone – d'ailleurs elle n'y comprendrait rien, la pauvre (même si elle parle couramment l'italien) – elle doit quand mème se rendre compte que quelque chose se passe. La fameuse intuition des femmes.» Et brusquement, de la remettre dans le clan des femmes, dans la masse de ces femmes obsédantes, et devenues obsédées,
106 de l'année 1975, il se sentit un peu rassuré. C'était
107 une femme qu'il avait convenablement entretenue,

die nicht von ihnen selbst, sondern von der Gesellschaft gezeichnet worden waren, in der sie lebten; sie hatten praktisch eine Rolle gespielt, die theatralisch ohne Theater, karikiert ohne Karikatur und gefühlvoll ohne Gefühl war. Es war gut, daß Luigi de Santo eine schnell wieder verschwindende junge Frau namens Inge Ingleborg als Geliebte gehabt hatte. Es war auch gut, daß sie sich begehrt und ertragen hatten und nach zwei Jahren verließen...

Sie gähnte ein wenig, drehte sich zu ihm um und fragte mit ihrer ruhigen Stimme und diesem leichten Akzent, der ihm im Grunde seit zwei Tagen auf die Nerven ging, «wer» heute abend da sein werde. Und als er lächelnd sagte: «Dieselben wie immer», da sah sie plötzlich etwas enttäuscht aus. Vielleicht war sie sich darüber klar, daß diese Geschichte zu Ende war, vielleicht begann sie von sich aus, sich zu lösen, die Flucht zu ergreifen, vor ihm zu fliehen? Und bei diesem Gedanken erwachte in Luigi ein alter männlicher Instinkt. Er dachte, wenn er wollte, könnte er alles mit ihr machen: sie behalten, sie besänftigen, ihr zehn Kinder anhängen, sie einsperren und auch, warum nicht, sie lieben.

Er lachte ein bißchen bei diesem Gedanken, und sie drehte sich wieder zu ihm um und fragte: «Du bist fröhlich?», und ihr Ton war sehr viel fragender als heiter und verwunderte ihn. «Jedenfalls», sagte er sich, als er über die Place d'Espagne fuhr, «jedenfalls muß sie etwas ahnen. Carla hat eine halbe Stunde mit mir telefoniert, und Giana und Umberto auch; und obwohl sie bei Telefongesprächen nie zuhörte – im übrigen würde sie doch nichts verstehen, die Arme (dabei spricht sie fließend Italienisch) –, muß sie sich dennoch klar sein, daß etwas im Gange ist. Die berühmte Intuition der Frauen.» Und indem er sie wieder in den Clan der Frauen einordnete, in die Masse der Frauen des Jahres 1975, die einen wie eine fixe Idee verfolgen und dann selbst davon verfolgt werden, war er plötzlich ein wenig

à qui il avait suffisamment fait l'amour, qu'il avait traînée sur des plages, dans des chalets, dans des soirées, toujours prêt à la défendre physiquement et – physiquement aussi, quoique différemment – toujours prêt à l'attaquer. Qu'elle ne lui ait jamais répondu directement, qu'ils ne se soient que rarement dit «je t'aime» et que ce «je t'aime» dans leur patois divers, relevât plus de l'érotisme que du sentiment, cela n'était pas grave. De toute façon, comme disaient Guido et Carla au téléphone, il était quand même temps d'en finir: il s'encroûtait! Un homme de son charme, de son espèce, de son originalité ne devait pas traîner plus de deux ans avec une mannequin suédois. Et eux, il pouvait les croire, ils le connaissaient bien. Ils le connaissaient mieux qu'il ne se connaissait lui-même. Cette idée avait été admise dès le départ, enfin dès qu'il avait eu quinze ans.

La villa était complètement illuminée. Avec une sorte de dérision triste, Luigi pensa que le dernier souvenir qu'Inge garderait de Rome aurait quelque chose de somptueux. Il y avait des bolides rouges ou noirs ruisselant sous la pluie, il y avait le charmant et dévoué maître d'hôtel courant sous un parapluie multicolore, il y avait les marches usées et beiges du perron historique, et, à l'intérieur, il y avait ces femmes si bien habillées et ces hommes apparemment si prêts à les déshabiller. Néanmoins, quand il prit le bras de Inge pour monter les marches, il eut une impression désagréable, celle de mener quelqu'un à une corrida, mais par le toril; ou un innocent à un jeu, une débauche, qu'il ne connaîtrait pas.

A l'instant Carla fut sur eux (plus que devant eux); elle fondit sur eux. Elle riait, elle regardait Inge, et lui, et elle riait d'avance.

beruhigt. Das war eine Frau, die er anständig unterhalten hatte, mit der er ausreichend geschlafen hatte, die er ans Meer, in Landhäuser, auf Gesellschaften geschleppt hatte, immer bereit, sie handgreiflich zu verteidigen, und immer bereit – ebenfalls handgreiflich, wenn auch anders –, sie anzugreifen. Daß sie nie direkt auf ihn reagiert hatte, daß sie selten einer zum anderen gesagt hatten: «Ich liebe dich» und daß dieses «Ich liebe dich» in ihren unterschiedlichen Mundarten mehr auf Erotik als auf Gefühl beruhte, das war nicht schlimm. Wie Guido und Carla am Telefon gesagt hatten, war es jedenfalls Zeit, Schluß zu machen: er versauerte! Ein Mann mit seinem Charme, von seiner Art, von seiner Originalität durfte nicht länger als zwei Jahre mit einem schwedischen Mannequin herumziehen. Und die Freunde, das konnte er ihnen glauben, kannten ihn gut. Sie kannten ihn besser als er sich selbst. Das hatte er von Anfang an eingesehen, jedenfalls schon mit fünfzehn Jahren.

Die Villa war prächtig angestrahlt. Mit einem Anflug von traurigem Spott dachte Luigi, daß Inges letzte Erinnerung an Rom etwas Pompöses an sich haben würde. Da standen schnelle rote oder schwarze Autos, die im Regen schimmerten, da war der reizende und ergebene Oberkellner, der mit einem vielfarbigen Regenschirm herbeieilte, da waren die abgetretenen, beigefarbenen Stufen der historischen Freitreppe, und drinnen waren diese so gut angezogenen Frauen und diese Männer, die anscheinend so bereit waren, sie auszuziehen. Dennoch hatte er, als er Inge den Arm reichte, um die Stufen hinaufzugehen, ein unbehagliches Gefühl, als ob er jemanden zu einer Corrida führte, aber durch den Toril; oder einen Arglosen zu einem Spiel oder einer Ausschweifung verleitete, die er nicht kannte.

Sofort kam Carla über sie – sie stand nicht bloß vor ihnen, sie stürzte sich auf sie. Sie lachte, sie sah Inge an und ihn, und sie lachte schon im voraus.

– Mes chéris, dit-elle, mes petits chéris, je m'inquiétais.

Il l'embrassa bien sûr, et Inge aussi et ils traversèrent la pièce. Il connaissait bien Rome et les salons et l'espèce de trouée, de ravine, qui se formait devant eux le confirmait dans ses idées, dans ses prévisions: tous ces gens étaient au courant, tous ces gens attendaient leur arrivée et tous ces gens savaient que lui, Luigi, allait rompre ce soir, et d'une manière éclatante, gaie, avec cette maîtresse fort belle, certes, mais trop longtemps gardée, Inge Ingleborg, de Suède.

Elle semblait ne rien voir. Elle s'appuyait de la main sur son bras, elle saluait les bons vieux amis, elle se dirigeait vers le buffet, prête, comme chaque fois d'ailleurs, il fallait le reconnaître, à boire, à manger, à danser et, au retour, faire l'amour. Pas plus, pas moins. Mais tout à coup il lui sembla que ce «pas moins» avait toujours été là et que le «pas plus», c'eût peut-être été à lui de le solliciter.

Elle prit une vodka-tonic d'un air négligent et Carla lui conseilla vivement d'en prendre une deuxième. Insensiblement, et comme dans une chorégraphie à la fois mauvaise et un peu féroce, les amis s'étaient rassemblés en demi-cercle autour d'eux. Ils attendaient, mais quoi . . . Qu'il leur dise que cette femme l'ennuyait, qu'il la gifle, qu'il lui fasse l'amour? Quoi? En fait, il ne savait pas pourquoi, dans cet après-midi d'automne si lourd et si orageux à Rome, il devrait expliquer à tous ces masques (si familiers et si anonymes à la fois) qu'il lui fallait, qu'il lui devenait nécessaire et urgent de quitter Inge.

110 Il se rappelait avoir dit: «Elle n'est pas de notre
111 espèce», mais, en regardant «l'espèce» qui les en-

«Meine Lieben», sagte sie, «meine sehr Lieben, ich war beunruhigt.»

Er küßte sie natürlich, und Inge auch, und sie gingen durch den Raum. Er kannte Rom gut und die Salons, und die Art von Gasse, von Schlucht, die sich vor ihnen bildete, bestärkte ihn in seinen Gedanken, seinen Vermutungen: alle diese Leute waren im Bilde, alle diese Leute hatten auf ihre Ankunft gewartet, und alle diese Leute wußten, daß er, Luigi, sich heute abend und auf spektakuläre lustige Weise von seiner gewiß sehr hübschen, aber zu lange behaltenen Geliebten Inge Ingleborg aus Schweden trennen wollte.

Sie schien nichts zu merken. Sie hatte die Hand auf seinen Arm gelegt, sie begrüßte die guten alten Freunde, sie ging zum Buffet, bereit, wie übrigens immer, das mußte man anerkennen, zu trinken, zu essen, zu tanzen und später dann mit ihm zu schlafen. Nicht mehr und nicht weniger. Aber plötzlich schien es ihm, daß dieses «nicht weniger» immer dagewesen war und das «nicht mehr» zu veranlassen vielleicht an ihm gelegen hatte.

Sie trank mit gleichgültiger Miene einen Wodka-Tonic, und Carla riet ihr dringend, einen zweiten zu trinken. Unmerklich und wie nach einer zugleich schlechten und etwas wilden Choreographie hatten sich die Freunde im Halbkreis um sie geschart. Sie warteten, aber worauf? Daß er ihnen sagte, diese Frau langweile ihn, daß er sie schlage, daß er mit ihr schlafe? Worauf?

Tatsächlich wußte er nicht, warum er an diesem so schwülen und gewittrigen Herbstnachmittag in Rom allen diesen Masken (die so vertraut und zugleich so wesenlos waren) erklären sollte, daß er Inge verlassen müsse, daß es notwendig und dringend sei.

Er erinnerte sich, daß er gesagt hatte: «Sie ist nicht wie unsereiner», aber als er die «unsereins» ansah, die um

tourait, ce mélange de chacals, de vautours et de volailles, il se demanda si vraiment ses mots n'avaient pas dépassé sa pensée. Etrangement, et pour la première fois sans doute depuis qu'il connaissait cette belle jeune femme blonde, suédoise, venue du Nord, indépendante et néanmoins sa compagne de nuit, étrangement, il se sentit solidaire vis-à-vis d'elle.

Giuseppe arriva, toujours beau, toujours gai. Il baisa la main d'Inge dans un geste presque dramatique et Luigi se surprit à penser qu'il «jouait» son geste. Puis Carla revint. Elle demanda avec grande attention à Inge si elle avait vu le dernier film de Visconti. Puis Aldo survint, embrouillé, et laissa entendre à Inge que sa maison de campagne près d'Aoste serait toujours embellie par sa présence. (Aldo allait souvent trop vite.) Puis Marina, déesse en fait de ces lieux, arriva par la droite, mit une main sur la manche de Luigi et l'autre sur le bras nu d'Inge.

– Mon Dieu, dit-elle, que vous êtes beaux tous les deux! Vous étiez vraiment faits pour vous entendre . . .

La foule, comme on dit en Espagne, arrêta son souffle, la corrida était commencée. Mais le taureau, l'ennuyeuse Inge, paisible, souriait. Visiblement, on attendait une quelconque allusion, une chose drôle de Luigi. Ses amis l'attendaient, il ne trouvait rien. Il fit un de ces gestes si italiens de la main qui voulait dire «niente» ou «merci». Un peu déçue, Carla à qui effectivement il avait promis une tragi-comédie, que ce soir-là serait le soir de la rupture mais sans en spécifier le lieu, Carla repartit à l'assaut:

– Il fait une chaleur affreuse, dit-elle. J'imagine, ma chère Inge, que les étés sont plus doux chez

sie herumstanden, diese Mischung von Schakalen, Geiern und Federvieh, da fragte er sich, ob seine Worte nicht über das hinausgegangen waren, was er im Sinn gehabt hatte. Seltsamerweise und zweifellos zum erstenmal, seit er diese schöne, junge blonde Schwedin kannte, die aus dem Norden stammte, unabhängig war und dennoch seine nächtliche Gefährtin, seltsamerweise fühlte er sich mit ihr solidarisch.

Giuseppe kam, gutaussehend wie immer, fröhlich wie immer. Mit einer fast dramatischen Geste küßte er Inge die Hand, und Luigi ertappte sich bei dem Gedanken, daß er diese Gebärde «gespielt» habe. Dann kam Carla zurück. Sie fragte Inge mit betonter Aufmerksamkeit, ob sie den letzten Film von Visconti gesehen habe. Dann erschien Aldo, verlegen, und gab Inge zu verstehen, daß sein Landhaus in der Nähe von Aosta durch ihre Gegenwart immer verschönt werden würde. (Aldo war oft zu vorschnell.) Dann kam von rechts Marina, die Königin dieses Festes, und legte eine Hand auf Luigis Ärmel und die andere auf Inges nackten Arm.

«Mein Gott», sagte sie, «wie hübsch seht ihr beide aus! Ihr seid wirklich dazu geschaffen, euch zu verstehen ...»

Die Menge, wie man in Spanien sagt, hielt den Atem an, die Corrida hatte begonnen. Aber der Stier, die langweilige Inge, lächelte friedlich. Offensichtlich wurde von Luigi irgendeine Andeutung, etwas Lustiges erwartet. Seine Freunde erwarteten es, und ihm fiel nichts ein. Er machte eine dieser so typisch italienischen Handbewegungen, die besagen sollte: «niente» oder «danke». Etwas enttäuscht, denn er hatte ihr wirklich eine Tragikomödie versprochen und daß an diesem Abend der Bruch vollzogen werden würde, ohne allerdings den Ort anzugeben, ging Carla erneut zum Angriff über:

«Es ist entsetzlich heiß», sagte sie. «Ich stelle mir vor, liebe Inge, daß die Sommer bei Ihnen gemäßigter sind.

vous. Après tout, si mes souvenirs sont bons, la Suède est au nord, non ?

Giuseppe, Marina, Guido et les autres éclatèrent de rire. Mais Luigi se demanda ce qu'il y avait d'amusant, en fait, à rappeler que la Suède était plus au nord que l'Italie. Un instant, l'idée que Carla n'était pas si spirituelle qu'on le disait dans «Vogue» l'effleura. Il essaya de s'en débarrasser comme d'une mauvaise pensée, comme quand il était petit garçon chez les Pères, à Turin, et qu'on leur parlait du plaisir solitaire.

– Je crois effectivement que la Suède est plus au nord que l'Italie, répondit Inge avec cet accent tranquille qui rendait neutre tout ce qu'elle disait, peut-être même tout ce qu'elle faisait, mais qui dut paraître irrésistible de drôlerie à quelqu'un puisque, dans la foule amassée autour du buffet, un rire éclata.

«Ce doit être la tension nerveuse, pensa Luigi, ils attendent tous que je lui dise adieu dans un langage plutôt sale, et, d'ailleurs, il va bien falloir que je m'exécute.»

... Alors Inge leva ses yeux mauves vers lui – car elle avait les yeux mauves et cela avait été une des grandes raisons de son succès à Rome dès son arrivée – et elle prononça cette phrase extravagante, cernée comme elle l'était par tous : «Luigi, je trouve cette soirée très ennuyeuse. Cela t'ennuierait-il de m'emmener ailleurs ?»

La foudre tomba, les cristaux sonnèrent, les maîtres d'hôtel s'évanouirent, les chihuahuas se pâmèrent et Luigi comprit. Il y eut brusquement entre ces deux personnes ce qu'on appelle communément un échange, un échange de regards, et dans les yeux absolument mauves et absolument francs de la femme il y avait non plus une question

Wenn mich meine Erinnerung nicht täuscht, liegt Schweden doch im Norden, nicht wahr?»

Giuseppe, Marina, Guido und die anderen brachen in Gelächter aus. Aber Luigi fragte sich, was eigentlich daran so komisch sei, wenn man daran erinnert, daß Schweden nördlicher liegt als Italien. Einen Augenblick ging ihm der Gedanke durch den Kopf, daß Carla wohl nicht so geistreich sei, wie es in «Vogue» hieß. Er versuchte, das zu verdrängen wie einen unzüchtigen Gedanken, wie damals als kleiner Junge bei den Patres in Turin, wenn sie von den einsamen Freuden sprachen.

«Ich glaube wirklich, daß Schweden nördlicher ist als Italien», erwiderte Inge in diesem ruhigen Ton, der alles, was sie sagte, und vielleicht sogar alles, was sie tat, so unbeteiligt erscheinen ließ, der aber jemandem unwiderstehlich komisch vorgekommen sein mußte, denn in der um das Buffet versammelten Menge brach ein Gelächter aus.

«Das muß die nervöse Spannung sein», dachte Luigi, «sie erwarten alle, daß ich ihr in einer eher unflätigen Ausdrucksweise Lebewohl sage, und nach allem werde ich mich wohl dazu bequemen müssen.»

Da blickte ihn Inge mit ihren malvenfarbenen Augen an – denn sie hatte malvenfarbene Augen, und das war einer der Hauptgründe für ihren Erfolg in Rom, kaum daß sie hergekommen war – und sprach den folgenden ungewöhnlichen Satz aus, von allen umzingelt, wie sie war: «Luigi, ich finde diesen Abend fürchterlich langweilig. Würde es dir was ausmachen, wenn wir woanders hingingen?»

Der Blitz schlug ein, die Gläser klirrten, die Kellner wurden ohnmächtig, die Luxusweibchen schnappten nach Luft, und Luigi begriff. Es gab zwischen ihnen beiden das, was man gemeinhin einen Austausch nennt, einen Austausch von Blicken, und in den vollkommenen malvenfarbenen und vollkommen aufrichtigen Augen der Frau

naïve mais une affirmation totale qui voulait dire: «Je t'aime, imbécile.» Et de la même façon, dans les yeux bruns du Romain fatigué, une interrogation naïve, masculine et enfantine: «Est-ce que c'est vrai?» Tout se renversa. La situation, les gens, les idées, les programmes et même la fin de la soirée. Les «amis» se retrouvèrent brusquement pendus au plafond par les pieds, recroquevillés telles les chauves-souris, l'hiver. La foule ne fut plus rien qu'un chemin triomphal vers une voiture décapotable et Rome était aussi beau que d'habitude. Et Rome était dans Rome et l'amour était dans Rome.

stand nicht mehr eine naive Frage, sondern eine völlige Bestätigung, die besagen sollte: «Ich liebe dich, du Dummkopf.» Und ebenso stand in den braunen Augen des müden Römers eine naive, männliche und kindliche Frage: «Ist das wahr?» Alles war mit einemmal verändert. Die Situation, die Leute, die Gedanken, die Vorhaben und sogar das Ende des Abends. Die «Freunde» hingen plötzlich mit den Füßen an der Decke, eingeschrumpft wie Fledermäuse im Winterschlaf. Die Menge bildete nur noch Spalier für den Triumphzug zu einem Kabriolett, und Rom war so schön wie immer. Rom war Rom, und die Liebe war in Rom.

+1715
1638 * Ludw. XIV / Anne Ö
Mazarin (Kard.)
mit 23 alleinig. Regent
(1648) verließ Louvre
sämtl. Gelände frei jeder Untergrund
in Versailles (Fucel von Finanzmin.
Nachfolger Colbert man brauchte viel
Geld)
Ludw. vereinigte den Adel in V. (Absolutism.)
Etikette, Feste, Privilegien
Fr. wurde zum Vorbild für ganz Europa
Ludw. XV (bien aimé) Pompadour
Regentschaft des Hz. von Orleans
Ludw. XVI Beginn der Rev.
Ballhausschwur H 2+3 Stand wurde
einberufen
6.10. Zug d. Pariser Marktfrauen Ludw. XVI
kehrt n. Paris zurück, gefangen, wollte mit
Marie Ant. fliehen 1793 enthauptet
Louis Phil. (Bürgerkönig)